光文社文庫

長編時代小説

秋《しゅう》霖《りん》やまず

吉原裏同心(28)

決定版

佐伯泰英

光 文 社

目次

第一章　離れ家完成……11
第二章　山屋の小女《こおんな》……73
第三章　秋雨《あきさめ》つづく……135
第四章　霖雨《りんう》の江戸……197
第五章　あと始末……261

新吉原廓内図

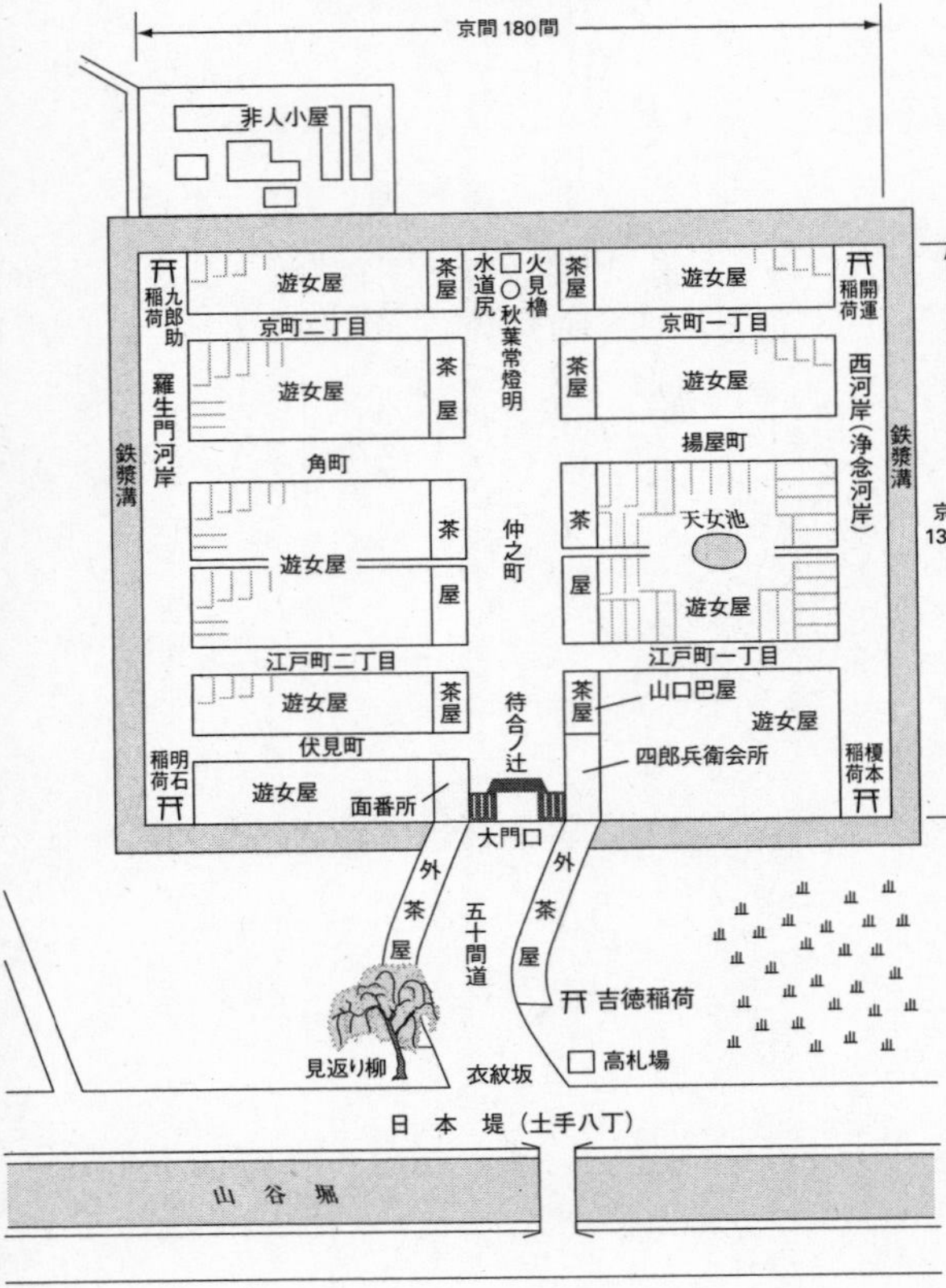
京間180間
非人小屋
九郎助稲荷
遊女屋
茶屋
水道尻
火見櫓
秋葉常燈明
茶屋
遊女屋
開運稲荷
京町二丁目
京町一丁目
遊女屋
茶屋
茶屋
遊女屋
羅生門河岸
西河岸（浄念河岸）
鉄漿溝
揚屋町
角町
鉄漿溝
茶屋
茶屋
天女池
京間135間
遊女屋
仲之町
遊女屋
江戸町二丁目
江戸町一丁目
遊女屋
茶屋
茶屋
山口巴屋
遊女屋
待合ノ辻
伏見町
明石稲荷
遊女屋
四郎兵衛会所
榎本稲荷
面番所
大門口
外茶屋
外茶屋
五十間道
吉徳稲荷
見返り柳
衣紋坂
高札場
日本堤（土手八丁）
山谷堀

北
東
南
西
荒川
千住大橋
鐘ヶ淵
隅田川
三河島
日暮里
田端
駒込
谷中
千住道
小塚原
日本堤
新吉原
金杉上町
鷲神社
今戸町
山谷堀
今戸橋
浅草寺
東本願寺
千駄木
白山
下谷
東叡山寛永寺
根津権現
本郷
中堂
幡随院
広徳寺
阿部川町
新堀川
浅草花川戸町
吾妻橋
竹町ノ渡
田原町
三間町
駒形堂
並木町
蔵前
御薬園
小石川
伝通院
不忍池
菊坂町
池之端仲町
下谷広小路
湯島天神
御徒町
春日町
水戸徳川家
牛込
森田町
御米蔵
石原町
神田明神
外神田
向柳原
神田川
牛込御門
小石川御門
水道橋
天王町
浅草橋
柳橋
御竹蔵
神楽坂
番町
昌平橋
筋違御門
和泉橋
柳原土手
両国広小路
本所
市谷
田安御門
俎板橋
雉子橋御門
一ツ橋御門
神田橋御門
内神田
馬喰町
両国橋
回向院
竪川
市谷御門
清水御門
小伝馬町
今川橋
日本橋
新大橋
常盤橋御門
北町奉行所
小名木川
麹町
室町
江戸橋
江戸城
半蔵御門
呉服橋御門
日本橋
南茅場町
仙台堀
深川
材木町
西之御丸
南町奉行所
鍛冶橋御門
京橋
八丁堀
組屋敷
永代橋
霊岸島
富岡八幡宮
桜田御門
永田町
赤坂御門
数寄屋橋御門
西本願寺
石川島
越中島
山王日枝神社
新橋
築地
佃島
溜池
幸橋御門
汐留橋

『秋霖やまず』主な登場人物

神守幹次郎……豊後岡藩の馬廻り役だったが、幼馴染で納戸頭の妻になった汀女とともに逐電の後、江戸へ。吉原会所の七代目頭取・四郎兵衛と出会い、剣の腕と人柄を見込まれ、「吉原裏同心」となる。薩摩示現流と眼志流居合の遣い手。

汀女……幹次郎の妻女。豊後岡藩の納戸頭との理不尽な婚姻に苦しんでいたが、幹次郎と逐電、長い流浪の末、吉原へ流れつく。遊女たちの手習いの師匠を務め、また浅草の料理茶屋「山口巴屋」の商いを任されている。

加門 麻……元は薄墨太夫として吉原で人気絶頂の花魁だった。吉原炎上の際に幹次郎に助け出され、その後、幹次郎のことを思い続けている。幹次郎の妻・汀女とは姉妹のように親しく、先代伊勢亀半右衛門の遺言で落籍された後、幹次郎と汀女の「柘榴の家」に身を寄せる。

四郎兵衛……吉原会所七代目頭取。吉原の奉行ともいうべき存在で、江戸幕府の許しを得た「御免色里」を司っている。幹次郎の剣の腕と人柄を見込んで「吉原裏同心」に抜擢した。

仙右衛門……吉原会所の番方。四郎兵衛の右腕であり、幹次郎の信頼する友でもある。

玉藻……仲之町の引手茶屋「山口巴屋」の女将。四郎兵衛の娘。正三郎と夫婦になった。

三浦屋四郎左衛門……大見世・三浦屋の楼主。吉原五丁町の総名主にして四郎兵衛の盟友であり、ともに吉原を支える。

嶋村澄乃……亡き父と四郎兵衛との縁を頼り、吉原にやってきた。若き女裏同心。

村崎季光……南町奉行所隠密廻り同心。吉原にある面番所に詰めている。

桑平市松……南町奉行所定町廻り同心。幹次郎とともに数々の事件を解決してきた。

正三郎……もとは料理茶屋「山口巴屋」にいたが、幼馴染の玉藻と夫婦になり、引手茶屋「山口巴屋」の料理人となった。

桜季……三浦屋の新造だったが、八朔の夜に足抜騒ぎを起こし初音のもとに預けられる。

初音……西河岸の切見世女郎。幹次郎に頼まれ、桜季を預かる。

長吉……吉原会所の若い衆を束ねる小頭。

金次……吉原会所の若い衆。

伊勢亀半右衛門……浅草蔵前の札差。先代の半右衛門（故人）の命で、幹次郎が後見役となった。

秋霖《しゅうりん》やまず——吉原裏同心（28）

第一章　離れ家完成

一

うすずみ庵《あん》が完成した。

神守幹次郎《かみもりみきじろう》は柘榴《ざくろ》の家に立ち寄った。

その朝、下谷山崎町《したややまざきちよう》の津島傳兵衛《つしまでんべえ》道場に行き、朝稽古にたっぷりと汗を掻《か》いた。その帰り道にふと家に寄っていこうと考えたのだ。

このところ吉原《よしわら》は穏やかな日々が続いていた。

昨夜の帰り際、吉原会所七代目頭取《とうどり》の四郎兵衛《しろべえ》が幹次郎に、

「神守様、明日はお休みなさって伊勢亀《いせき》の旦那の墓参りにでも行かれてはどうですな」

と勧《すす》めてくれた。

だが、柘榴の家に戻って汀女《ていじょ》と麻《あさ》に話すと、

「幹どの、伊勢亀の旦那様のお墓参りにとはかねがね思うておりました。ですが、うすずみ庵の普請《ふしん》が明日にも終わりそうと棟梁《とうりょう》が申されたそうな。うすずみ庵の完成を見て、旦那様にご報告に上がるというのはいかがでございましょう」

と麻が幹次郎に願った。

「そうか、いつも夜にならぬと戻ってこぬので、どこまで普請が進んでおるのか、分からないでいた。ならばまずは離れ家の普請竣工《しゅんこう》を待とうか」

幹次郎はそんなわけで津島道場の朝稽古に出た戻り道に寄ったのだ。

「幹どの、ちょうどよい折りに」

庭にいた姉さん被《かぶ》りの汀女が幹次郎に気づき、言った。

もはやうすずみ庵のうちそとは染五郎《そめごろう》棟梁の指図《さしず》のもと普請が終わり、掃除が済んで、きれいに磨き上げられていた。そして職人衆は道具の片づけをしていた。

母屋《おもや》の柘榴の家と離れ家のうすずみ庵を繋《つな》ぐ飛び石の周りの植栽《しょくさい》も終わり、戸口前には涼《すず》やかにも七、八本の竹が植《う》えられ、竹の間に苔《こけ》の生えた石が添えられていた。また飛び石の途中に歳月を経た蹲踞《つくばい》があって清らかな水に真っ赤な山《さん》

帰来《きらい》の実のひと枝が浮かんでいた。

小さな離れ家だが、軒《のき》が長く建物自体を大きく見せていた。

一方、庭に面したふた間《ま》の座敷の軒下には幅二尺（約六十一センチ）余に茶色の小砂利が敷きつめられ、その先に黒石を入れた雨落《あまお》ちがあった。

この小砂利と雨落ちが離れ家と庭との結界の役目を果たし、茶色の沓脱《くつぬぎ》石が置かれて離れ家を渋く引き締めていた。

四畳半の座敷の外には紅色《べにいろ》の実がなった柘榴の木があって母屋と離れ家とを結んでいた。

「おや、神守の旦那もいらっしゃいましたか」

三尺（約九十一センチ）の腰高《こしだか》障子戸が開き、棟梁の染五郎が顔を見せた。

「ご苦労であったな」

「とくとご覧になってください。手直しするところがあれば、直しますでな」

「この家の主《あるじ》は加門《かもん》麻じゃぞ、棟梁」

幹次郎の言葉に染五郎が笑いながらふたりに場所を譲った。

「拝見《はいけん》致そうか」

と誘った。

「ところでこの離れ家の主はどうしておる」

ふっふふ、と微笑《ほほえ》んだ汀女が、

「麻は、最前から離れ家に入ったまま姿を見せませぬ」

「よほど気に入ったのか」

幹次郎は汀女が「うすずみ庵」と認《したた》めた桑《くわ》の板の扁額《へんがく》を戸口の一角に見た。

「うすずみ庵にぴったりじゃな」

「それはようございました」

と淡々と応じた汀女が、

「麻、お邪魔致しますよ」

と姉さん被りの手拭《てぬぐ》いを取って、懐《ふところ》に仕舞った。

狭い入り口にも石が敷かれ、小さな建物にしては天井が高かった。そのせいか窮屈な感じを与えなかった。にじり戸風の板戸を左右に開くと四畳半の座敷が広がり、その奥に平床を持つ六畳間が見えて一層広々とした感じを幹次郎と汀女に与えた。

ふたつの座敷を分けているのは簡素な欄間《らんま》と端に寄せられた襖《ふすま》だけだ。

奥の六畳間に幅一尺二寸（約三十六センチ）余、長さ一間三尺（約二・七メートル）余の古い板材が置かれてあるのが見えた。

（なんのためか）

麻の姿は見えなかった。

「麻、邪魔を致す」

汀女が続き、上がり口の小さな円窓《まるまど》から庭の柘榴の木を見た。

「幹どの、円窓越しの柘榴の木もよいものです」

汀女に言われて幹次郎は竹格子《たけごうし》が嵌《はま》った円窓の向こうの柘榴を見た。

「おお、なかなかの光景じゃな。未《いま》だ熟《う》れ切っていない柘榴の実が渋い造りのうすずみ庵に彩りを与えておるわ」

庭の日向《ひなた》には黒介《くろすけ》がいて、柘榴越しに見る母屋と離れ家が一体であることを物語っていた。

「これはよい」

ふたつの座敷の西側には幅二尺五寸（約七十六センチ）の廊下が設《もう》けられて、開け放たれた広い戸口から浅草田圃《あさくさたんぼ》や出羽本荘藩六郷家《でわほんじょうはんろくごうけ》の下《しも》屋敷が見え、その奥に秋の日差しを浴びた吉原が望めた。廊下の突き当たりには納戸《なんど》の戸が見えた。

麻が吉原を望む間取りを決めたのは、己の過去を忘れまいと考えたからであろうと幹次郎は察していた。

「幹どの、姉上、棟梁をお呼びいただけませぬか」

と六畳間の陰から麻の声がした。

幹次郎が染五郎棟梁を呼び、六畳間に身を移すと、麻が茶の仕度をしていた。

「棟梁がこの古板を普請祝いに贈ってくれました。座敷でささやかな宴《うたげ》や茶の集いをなすときに使う道具に、折敷《おしき》代わりにと考えられたそうです。ふだんは裏廊下に架ける場が設けてございますので、そちらに仕舞います」

「ほう、なかなかの材だな」

「赤松《あかまつ》材でございますがな。とある老舗《しにせ》が建て替えた折り、要らぬと申された松材をわっしが頂戴して十数年寝かせていたものです。うすずみ庵で煎茶《せんちゃ》のもてなしなどなさる折り、使われるのも宜しいかと思いましてな」

染五郎が裏廊下から姿を見せて幹次郎の言葉に応じた。

「ささっ、義兄上《あにうえ》、姉上、棟梁、庭側に座してくださいまし」

三人の客が平床を横目に座った。

平床は松の一枚板で床柱《とこばしら》は桜材と思えた。その傍《かたわ》らに小さな炉《ろ》が切ってあった。普請し立ての座敷だ。なんの調度もなかったが、平床の聚楽壁《じゅらくかべ》に竹製の花器がかかり、白椿《しろつばき》の蕾《つぼみ》が一輪活《い》けられていた。

蹲踞の山帰来の実と同じく汀女の仕事だろう。

「棟梁がこの座敷の一角にかように炉を設けてくれました。ですが、本日は、本式の茶の用意をしてございません。薄茶《うすちゃ》を点《た》てました」

麻が幹次郎に薄茶を供《きょう》した。

茶碗は吉原からこの柘榴の家に麻が引っ越してきた折り、わずかな持物の中にあった品だと、幹次郎は承知していた。

「麻、そなたが承知のようにそれがしには茶の心得はない。麻のただ今の気持ちを頂戴しよう」

と言った幹次郎が薄茶を喫《きっ》した。

「麻の気持ち、いかがでございますか」

「そなたの幸せが伝わってくる」

幹次郎の言葉に麻が微笑んだ。

汀女、染五郎と薄茶が次々に供され、染五郎が一服《いっぷく》したあと、

「よい仕事をさせてもらいました」

と礼を三人に述べた。

「棟梁、御礼は私が申し上げるべきものにございます」

麻が礼を返し、

「それがしが考えた以上の出来の離れ家となった。そう思わぬか、姉様」

と幹次郎が汀女に振った。

「はい」

と短く答えた汀女が、

「染五郎棟梁に願ってようございました」

と礼を重ねた。

「有難《ありがと》うございます。どのような家にも住んでみると、不都合なところが生じます。その折りは遠慮なく使いを立ててくださいまし、直《す》ぐに参じますでな」

染五郎が言い、もう一度床の間から離れ家の中をゆっくりと見回した。

己がなした仕事の最後の点検を終えた染五郎が、

「わっしはこれにて」

と辞去《じきょ》の挨拶をした。

幹次郎がこの日、吉原の大門《おおもん》を潜《くぐ》ったのは昼見世《ひるみせ》前のことだ。

「遅いではないか。そなた、務めをなんと心得ておる」

早速文句をつけたのは無精髭《ぶしょうひげ》を生やした南町奉行所隠密廻《おんみつまわ》り同心《どうしん》の村崎季光《むらさきとしみつ》だ。羽織もいささかくたびれていた。

「それがし、四郎兵衛様に休んでよいと許しを得ておりますゆえ、お手前に文句をつけられる謂《いわ》れもございませんがな」

「ならば、なぜ出て参った。家にいられない曰《いわ》くでもあるか」

「なくもございません」

幹次郎は村崎同心の真剣な表情に言葉を濁した。

「やはり同居する女子《おなご》と女房どのが喧嘩《けんか》口論に及んだか」

「まあ、そのような」

幹次郎の言葉を最後まで聞かずに村崎同心が突っ込んだ。

「それみよ、だから言わぬことではないわ。ひとりは引き離せ」

「と、申されますと」

「同じ屋根の下にふたりの女は要らぬ」

村崎は厳然《げんぜん》と言い切った。

「お言葉ですが、うちの女衆《おんなし》はおあきを入れて三人です」

「小女《こおんな》を入れる馬鹿《ばか》がどこにおる。薄墨太夫《うすずみだゆう》、いや、ただ今は加門麻であったな。そのこと麻を屋根の下から出せと申しておるのだ」

「そのことならば案じめさるな。本日、引っ越し致しますそうで」

「なに、出ていくのか、真《まこと》じゃな」

村崎同心の顔に、ぱあっ、と喜びが弾《はじ》けた。勝手な思い込みながら他人の不幸を喜んでいる風情だ。

「それがしの言葉を聞いて、村崎どのの気持ちは落ち着かれましたかな」

おお、と返事をし、満足げな笑みを浮かべた体《てい》の村崎に幹次郎は会釈《えしゃく》を返して吉原会所に向かった。

「ところで加門麻はどこへ引っ越すか」

幹次郎は振り向くと、

「母屋の隣に離れ家が最前完成いたしました。ゆえに離れ家に」

「な、なにっ、同じ敷地内に引っ越すというのか」

「はい。飛び石伝いに七、八歩でござる」

「ば、馬鹿もん」

と叫ぶ村崎同心に背を向けた幹次郎は、会所の腰高障子を引き開けて中に入った。すると女裏同心見習いの嶋村澄乃《しまむらすみの》だけがいた。いつもはいるはずの老犬の遠《とお》助《すけ》もいなかった。

「番方《ばんかた》たちは見廻りかな」

「はい」

「遠助はどうしたな」

「天女池《てんにょいけ》かと思います」

幹次郎はその言葉で理解した。

「桜季《さくらぎ》はどうしておる」

澄乃は直ぐに答えなかった。

「相変わらずか」

幹次郎の問いに頷《うなず》いた。

「初音《はつね》さんに命じられた洗濯、食事の仕度、どぶ板の掃《は》き掃除など嫌々《いやいや》やっております」

桜季は三浦屋《みうらや》の新造《しんぞう》として将来を嘱望《しょくぼう》されていた。だが、八朔《はっさく》の紋日《もんび》、白無《しろむ》垢《く》を脱ぎ捨て、吉原に出入りする女衆の形《なり》に扮《ふん》して大門から堂々と足抜《あしぬき》しようとした。幹次郎に大門の手前で阻《はば》まれ、三浦屋に連れ戻された。

桜季は吉原に、幹次郎に、強い憎《にく》しみを抱いていた。

遊女だった姉の小紫《こむらさき》は吉原を燃やし尽くした火事の最中《さなか》、自分の打掛《うちかけ》を吉原で働く湯屋の女衆お六《ろく》に着せて殺し、自分が焼死したように見せかけ、その大胆な所業《しょぎょう》を見ていた元小田原《おだわら》藩の家臣といっしょに相州《そうしゅう》江《え》ノ島《しま》へ逃げて暮らしていた。

小紫が生きている事実を吉原会所が摑《つか》んだのは偶然が重なった結果だ。

吉原が火事からの再建なったころ、小紫の在所《ざいしょ》の結城《ゆうき》から、小さな石地蔵を背負った爺様《じいさま》に連れられ、今の桜季、そのころ十三歳だった妹のおみよが出てきて、火事で焼死した姉の代わりに三浦屋に身を落とすことになった。妹を売った金子《きんす》を爺様が、江ノ島に逃亡し隠れ潜《ひそ》んでいた姉に送ろうとしたことで小紫が生きていることが知れたのだ。ちょうどそのころ大山詣《おおやまもう》でに行った講《こう》の連中が小紫を江ノ島のみやげ物屋で見かけていた。

吉原にとって足抜はご法度《はっと》、まして他人を己に見せかけて死んだように思わせ、己は相州で密《ひそ》かに生きていたとなれば、吉原会所としてはその始末をつけざるを得ない。

江ノ島から鎌倉《かまくら》に出向き、小紫と元小田原藩家臣を始末したのは幹次郎と番方の仙右衛門《せんえもん》だ。

姉の死の真相は妹に伝わった。その結果、姉の所業を妹はどう見たか。

三浦屋の期待を裏切り、こたびの足抜未遂《みすい》に繋がったのを見れば、桜季が姉の死を得心《とくしん》していないことは明々白々だった。

桜季が抗《あらが》う言動を見せるようになったきっかけは、薄墨太夫の落籍《らくせき》だった。

姉の非業《ひごう》と薄墨の落籍をどうとらえたか。

八朔の日に乗じて、姉と同じような足抜騒ぎを起こしたからには、三浦屋では新造としては務められない。

吉原内で格下の妓楼《ぎろう》に売られ、直ぐにも客を取らされるか、吉原の外、四宿《ししゅく》の悪所に売られるか。そのふたつにひとつしか途《みち》は残されていなかった。すべては四郎左衛門《しろうざえもん》の一存に委《ゆだ》ねられていた。

幹次郎は、四郎左衛門に願い、桜季の「更生《こうせい》」を図《はか》った。それも吉原の闇ともいえる西河岸《にしがし》の局見世《つぼねみせ》（切《きり》見世）の女郎《じょろう》初音に預けるというのだ。さすがの四郎左衛門も二の句が継げずしばし沈黙した。

わずか二万七百六十余坪の吉原にも光があれば闇もあった。

光が五丁町《ごちょうまち》の表楼ならば、闇は五丁町から落ちてきた女郎が一ト切《ひときり》（およそ十分）何十文《もん》で身を売って暮らすふきだまりの羅生門《らしょうもん》河岸や西河岸だ。

幹次郎は、三浦屋の花魁《おいらん》薄墨太夫の禿《かむろ》から高尾《たかお》太夫の新造と、出世街道を歩き吉原の闇を見ずして生きてきた桜季の生き方を変えるために、荒行《あらぎょう》を四郎左衛門に提言したのだ。

四郎左衛門は沈思《ちんし》したのち、

「神守様、宝井其角《たからいきかく》様の句に『闇の夜は　吉原ばかり　月夜哉《かな》』というのがございます、ご存じですか」

と尋ねた。

幹次郎は、いえ、と首を振った。

「闇の夜でも万灯《まんどう》の灯《あか》りの吉原は満月のような明るさだ、という解釈と、月が皓々《こうこう》と輝く夜でも遊女の身の上は闇夜だと、其角師の想いを解《と》かれるお方もございます。神守様は吉原の光と闇をよう承知です。桜季を信用するのではございません。神守様を信頼してこの娘をそなたに預けます」

と四郎左衛門は西河岸に、闇の吉原に、預けることを許してくれた。だが、このことが廓《くるわ》内に知れると、吉原じゅうで、

「吉原会所の裏同心は今度ばかりは間違いを犯《おか》したな。局見世に落ちた新造をどの楼が引き取るよ。客だって西河岸で汚れが染みついた遊女を指名するかよ」

といった雑言《ぞうごん》が飛び交《か》っていた。

澄乃が幹次郎を見ていた。

「それがし、大いなる間違いを犯したか」

「神守様、事は始まったばかりです」

「とはいえ、遊女の旬《しゅん》は世間の女衆より限られておる。猶予《ゆうよ》は二年と言いたいが、四郎左衛門様の寛容《かんよう》も一年、いや、半年と見ておる」

「時がございません」

「そなた、ときに桜季と会《お》うておるか」

澄乃が顔を横に振った。

「いえ、話しかけても嫌がられて返事もしません」

「澄乃はそれがしの仲間とみられておるからかのう」

さあて、それはと澄乃は黙り込んだ。

西河岸の初音の切見世に同居する桜季は、昼見世と夜見世《よみせ》の間、客のあるなしにかかわらず切見世を追い出される。当然のことだろう。

「その折り、桜季さんは天女池で過ごされております。単衣《ひとえ》から袷《あわせ》に替わると厳しゅうございましょうね」

と澄乃が言った。

袷は冬の到来が近いことを意味した。

頷いた幹次郎は、

「見廻りに出て参る」

と会所を出た。

昼見世が始まっていた。幹次郎は蜘蛛道《くもみち》に入った。

五丁町や西河岸、羅生門河岸の妓楼や引手茶屋《ひきてぢやや》を支える男衆《おとこし》や女衆が細い路地裏に住んでいた。そんな暮らしのにおいが路地裏に漂っていた。だが、羅生門河岸や西河岸に比べればましだった。

幹次郎は、天女池に繋がる蜘蛛道の出口で足を止めた。

二

結城から爺様と孫娘が運んできた野地蔵はお六地蔵と名づけられ、今や吉原に暮らす遊女や住人の心の支えになっていた。

その野地蔵の前に桜季と老犬の遠助がいた。

今や桜季にとって遠助だけが肌の温《ぬく》もりを感じさせる存在であろうと幹次郎は考えた。

しばらく桜季と遠助の様子を見ていた幹次郎は、近くへと歩み寄った。

最初に気づいたのは桜季だった。すべての喜怒哀楽《きどあいらく》、感情が消えた顔を向けた。

「どうだ、慣れたか」

幹次郎の言葉に全く桜季の表情は変わらなかった。そして、なにも答えようと

もしなかった。

「それがしは文使《ふみづか》いじゃ、そなたがこの文を読もうと読むまいと焼き捨てようと

かまわぬ」

幹次郎は懐から文を出し、桜季に差し出した。文の宛名《あてな》を見た桜季が、

はっ

とだれからの文か気づいたように表情を変えたのだが、また直ぐに能面のよう

な無表情に戻した。そして、文に手を差し出そうとはしなかった。

「受け取りもせぬか。ならばこの野地蔵の前に置いておこう」

と幹次郎は桜季の前に置いた。

この日、柘榴の家を出ようとしたとき、麻が、

「幹どの、お願いがございます」

と差し出した文を見て、薄墨太夫時代の禿に宛《あ》てたものだと分かった。

「桜季に宛てて文を書いたか」

「文使いは嫌ですか」

「なんのことがあろう。ただし、ただ今の桜季がそなたの文で心持ちを変えるとも思えぬ」

分かっております、というように麻が頷いた。

「桜季、それがしの文使いは毎日だ。加門麻が文をそなた宛てに書き続けるかぎりそなたに届けよう。受け取るも受け取らぬもそなた次第だ」

桜季に言い残した幹次郎は天女池から蜘蛛道に戻っていった。

幹次郎が吉原会所に戻ったのは、昼見世が終わって四半刻《しはんとき》（三十分）もしたころのことだ。大門前の見張りを除いておよその顔ぶれが揃っていた。そして、天女池にいた遠助も会所の三和土《たたき》に敷かれた茣蓙《ござ》の上で寝ていた。

「なんだ、本日は休みではなかったのですか」

「そう思ったのだが、なんとなくな、出て参った」

「神守様のなんとなくと言いながら、ふらふらしているときがいちばん危ないですぜ」

　と番方が言った。

「ちょうどいいや。奥で四郎兵衛様がこちらもなんとなくお待ちの様子です」

「さようか、本日はまだ挨拶もしてなかったな」

　と言い残した幹次郎は奥の座敷に通った。

艾《もぐさ》の香りが漂っているところをみると、鍼灸師《しんきゅうし》金多慎庵《かねだしんあん》の治療を受けたのであろう。

「挨拶が遅れました」

「本日は休んでくだされ、と申しましたぞ」

「それがつい」

「出てこられましたか。うすずみ庵はそろそろ完成ではございませぬか」

「はい。本日の昼前に染五郎親方から引き渡しがございました」

「それは目出度《めでた》い」

四郎兵衛が答えるところに玉藻《たまも》が茶菓を運んできて、

「お父《とつ》つぁん、なにが目出度いの」

と尋ねた。

「柘榴の家の離れ家うすずみ庵が出来上がったそうだ」

「あら、麻さんはいつから離れ家にお引っ越しなの」

「今晩から泊まると言うておりました」

「寂しくなるわね」

「とは申せ、呼べば聞こえる母屋と離れ家でござる」

「ござる、ね。お父つぁん、新築祝いをしなくてよいの」

と玉藻が言った。

「まだ招かれてもいない」

「最前、三人で話し合いました。これまで加門麻の落籍話で世話になったお方はたくさんおられます。とは申せ、ささやかな女住まいの離れ家の落成にございます。内々に済ませたいとの麻の意向です。四郎兵衛様に三浦屋の四郎左衛門様、他にどなたをお呼びすればようございましょうか」

しばし間を置いた四郎兵衛が、

「伊勢亀の当代、半右衛門《はんえもん》さんはどうですな」

「おお、迂闊《うかつ》でした」

と幹次郎が答え、

「神守様、私たち夫婦は、料理番で伺うわよ」

と、この前の祝言《しゅうげん》のお返しとばかりに玉藻が言った。

「正客《しょうきゃく》三人に正三郎《しょうざぶろう》さんと玉藻様夫婦にわれら三人で八人です。離れ家で祝いをなすならばこの程度の人数でしょうか」

と答えた幹次郎は、

「七代目、伊勢亀の当代はご多忙でございましょう。離れ家の落成にお呼びして迷惑ではございませぬかな」

幹次郎の問いに四郎兵衛が、

「以心伝心《いしんでんしん》、伊勢亀の八代目から使いが来ましてな、神守様のお知恵を拝借《はいしゃく》したいとのことです」

「では、これから伺って参ります。宜《よろ》しゅうございますか」

「本日は休みの日でございましたぞ」

立ち上がりかけた幹次郎が座り直し、

「七代目、札差《ふださし》伊勢亀にただ今なんぞ差し障《さわ》りが生じておりますか」

「先代の伊勢亀の旦那が亡くなったあと、筆頭行司《ひっとうぎょうじ》の座を巡って何人もの方が名乗りを上げられたとか。ですが、どなたも帯に短し襷《たすき》に長しのお方ばかりで、なかなか決着がつきませぬ。温厚だけが取《と》り柄《え》の森田町《もりたちょう》二番組の峰村屋与惣兵衛《みねむらやよそべえ》様が筆頭行司に形ばかり就《つ》かれたが、直ぐ辞めてしまわれた。そこで八代目の半右衛門様に出馬の要請が各所から来ておるそうな」

「先代はそうなることを予測しておられました。ゆえにさような話に乗ることなく情勢が落ち着くのを見ておくようにと忠言を残されました」

「それほどただ今の御蔵前通《おくらまえどお》りに筆頭行司の座を継ぐにふさわしい人物がいないのでございますよ」

「もし伊勢亀の八代目からのお呼び出しがそのことだとすると、それがしで役に立ちましょうか」

「神守様、そなたは先代から後見方を願われておりましたな。話を聞くだけでも聞かれたらどうでしょうな」

四郎兵衛の言葉をじっくりと考えた幹次郎は首肯《しゅこう》すると立ち上がった。

幹次郎は途中で柘榴の家に立ち寄り、新居への引っ越しをおあきとふたりでなしている麻に、伊勢亀の八代目半右衛門を落成祝いに呼んでよいかどうか尋ねた。

「幹どの、大切なお方を忘れておりました」

麻は己の迂闊を悔《く》いるように言った。麻の落籍は先代と当代の心遣《こころづか》いと理解がなければできぬ話だった。

「ならばこれから参り、願ってみる」

と幹次郎は応じて浅草御蔵前に向かった。


「番頭どの、半右衛門様にお目にかかりたい」

と幹次郎が札差伊勢亀の大番頭吉蔵《きちぞう》に願うと、

「お久しぶりにございますな、神守様」

と笑みの顔で迎えてくれた。

「先代が亡くなられたのが桜の季節、もはや紅葉《もみじ》が色づく時節を迎えました」

「神守様、相変わらず多忙な日々を過ごしておられるようでございますな」

吉蔵が幹次郎の近況を承知の顔で応じた。

「それがしの多忙の大半は己がなした節介ゆえにございましてな、自分で自分の首を絞めております」

「四郎兵衛様の娘御《むすめご》が婿《むこ》を取られたとか。この仲介も神守様夫婦と聞いております」

「仲人《なこうど》は三浦屋の四郎左衛門様です。われら夫婦はただ走り使いを致しただけ」

「そう聞いておきましょうかな」

と言った吉蔵が、

「旦那は店座敷におります。ご案内申し上げましょう」

と自ら店の奥へと幹次郎を導いた。

伊勢亀は店と住まいが別棟であることを幹次郎は承知していた。店座敷に通るのは初めてだ。

札差という商売柄、武家方との付き合いが多い。ゆえに店先で事が済む場合より、店座敷での応対が多くなるのであろう。

幹次郎は先代伊勢亀の形見の五畿内摂津《ごきないせっつ》津田近江守助直《つだおうみのかみすけなお》を手に吉蔵に従った。

八代目半右衛門は、武家方の御用部屋を思わせる趣《おもむき》の帳場机《ちょうばづくえ》を前になにか思案をしていた。

「おお、神守様」

と半右衛門は笑みの顔で迎えた。

吉蔵は店へと下がっていった。

「半右衛門様、会所の頭取からなんぞ御用があると聞かされました」

「御用というほどのものではございません。父のあと始末をしている最中ですが、神守様とお話がしたかったというのが本心です」

八代目伊勢亀半右衛門が答えた。

御用部屋には横物《よこもの》の掛物があり、そこには茶を点てる人物の姿が描かれていた。幹次郎はその人物がだれか直ぐに気づいた。当代は先代に見られながら仕事をしているのか。

幹次郎は、

「お許しくだされ」

と願い、掛物の前に座して先代の風貌《ふうぼう》を眺めた。まだ若々しかったころの先代の姿だった。

表装が新しいのに幹次郎が気づいた。

「親父《おやじ》の遺品を整理しておりますとかような絵が出て参りました。そこで表装をして仕事場に飾ってみました」

「それがし、この時代の先代を存じません。七代目の元気なお姿が活写されております。さぞ名のある絵師の仕事でしょうな」

当代の半右衛門が微笑んだ。

「親父の手慰《てなぐさ》みです」

「なんと自らを描かれたのでございますか。先代は絵心もお持ちでしたか、驚きました」

幹次郎はしばし先代伊勢亀半右衛門の自画像と向き合い、ときに瞑目《めいもく》して在りし日の先代を偲《しの》んだ。

一礼した幹次郎は当代に向き直った。

「半右衛門様、本日、加門麻の離れ家が完成致しました。最前麻と相談致しましたが、麻の落籍に力を貸してくださった方々を呼んでささやかな落成の祝いを致す所存にございます。半右衛門様をお招きしたいと麻も申しておりますが、いかがでございましょうか。お呼びする方々は三浦屋の四郎左衛門様、会所の四郎兵衛頭取、そして、半右衛門様のお三方でございます」

「思いもよらぬお招きです。ぜひ受けさせていただきます」

半右衛門は即答した。

「麻も大いに喜びましょう」

幹次郎が答えると、

「加門麻様は、いよいよ本式に神守家の身内になられましたか」

と半右衛門が笑みの顔で問うた。

「もはや屋敷には戻れぬと麻が申しますので姉様、いえ、わが女房と相談の上、身元引受人のわが家に引き取ることになりました。どうやら麻は吉原を浅草田圃越しに望むわが家が気に入ったようで、離れ家を設けて住むことになりました。加門麻が向後《こうご》どう過ごしていくか、しばらく独《ひと》りで思案したいそうです」

幹次郎は麻を引き取った事情を当代の半右衛門に説《と》いた。

「それはようございました。考えてみれば、倅《せがれ》の私、親父の遊び方をほとんど承知しておりません。麻様に会うのが楽しみです」

と半右衛門が言った。

「半右衛門様、百余組の札差を束《たば》ねる次の筆頭行司は決まりましたか」

幹次郎は本日呼ばれたと思える用件を推察してこちらから切り出した。

「やはり親父は慧眼《けいがん》にございました」

幹次郎の問いに半右衛門が答えた。

「親父が亡くなり、この折りを見計《みはか》らっておられた反伊勢亀派の方々が新しい筆頭行司に名乗りを上げられました」

「天王町組《てんのうちょうぐみ》の板倉屋傳之助《いたくらやでんのすけ》どの、片町《かたまち》組の上総屋彦九郎《かずさやひこくろう》どの、森田町組の十一屋嘉七《じゅういちやかしち》どのと聞いておりますが」

「承知でしたか。その他に二名の方が親父の跡を継ぎたいと申しておられ、ただ今の御蔵前は茶釜をひっくり返したような騒ぎで、なかなか新しい筆頭行司が決まりません。札差を管轄《かんかつ》する公儀《こうぎ》の笹村五左衛門《ささむらござえもん》様もお困りの様子です」

「そこで八代目の半右衛門様に、先代の跡を継げと公儀から話がございましたか」

「はい」

と半右衛門が素直に返事をして、

「私が名乗りを上げたところでこの騒ぎに決着がつくとは思えません」

と言った。

「先代はこの騒ぎを予測しておられました」

「亡き父の申しつけ通り、私としてはただ今の騒ぎに関わりたくないのでございます。遺言《ゆいごん》通り当分は伊勢亀の商売を把握《はあく》することに努めます」

「しかし、そうもいかない事情が出て参りましたか」

「妙な文が舞い込むようになりました」

「ほう」

半右衛門が十何通もの文を幹次郎の前に置いた。

「札差筆頭行司に名乗り出てはならぬ、という脅《おど》しですか」

幹次郎は、商《あきな》いに関わることに触れているのではと読むことを躊躇《ためら》った。

「神守様、それが逆でございましてな、札差筆頭行司を受けよとの内容でございます」

「それはまた奇特《きとく》というべきかなんというべきか。札差株仲間のお方からの文でござろうか」

「どれも内容はほぼいっしょにございます。一通だけお読みくだされればお分かりいただけましょう」

と願われて、幹次郎は文の一通を受け取り披《ひら》いた。

七代目伊勢亀半右衛門様の死に対し深い哀悼《あいとう》の意を表し奉《たてまつ》ります。

先代の業績多大にして、何人《なんぴと》も継ぐべきに値《あたい》せず。

長年札差筆頭行司の地位にあった先代から薫陶《くんとう》を受けし八代目半右衛門様こそ打ってつけの人物と確信致して候《そうろう》。
ぜひ私どもの推挙《すいきょ》にお応えいただきたくお願い奉り候。
札差株仲間有志
伊勢亀半右衛門様

とあった。

「すべてほぼ同じ内容にございます」

半右衛門が繰り返した。

「札差株仲間ならば、名乗ってもよかろうと存じますがな」

「そこです。若輩《じゃくはい》の私を騒動に巻き込む算段《さんだん》の文かとも考えました。また十数通に及び繰り返し文を密かに店に届ける執念《しゅうねん》に、番頭はいささか懸念《けねん》を感じております。ゆえに番頭が神守様にご相談なさってはと言い出しましてな、お呼び立て致しました。また私もこの一件とは別にして、神守様にお会いしてお礼を申し上げたいと思うておりました」

「それがし、当代の半右衛門様にお礼を言われる覚えはございませんがな」

幹次郎が首を捻《ひね》った。

「いや、親父が穏やかな顔で身罷《みまか》ったのは、神守様の存在が大きゅうございますので」

「吉原会所の陰の者をお認めいただいたことに、それがしのほうこそ感謝致します」

と応じた幹次郎は半右衛門がこの文を見せたのには曰くがあるように思えた。

「半右衛門様、なんぞ懸念がございましたら、お話し願えませんか」

と幹次郎が言った。

「この文ですが、なんとのう商人が書く文のようでもあり、武家方が認めたもののようでもあり、あれこれと迷っております」

「もし武家方ならば心当たりはございますか」

「さてそれは」

と半右衛門が首を捻った。

「半右衛門様、この一件、大番頭どのと話してようございますか」

「構いません」

伊勢亀ほどの大店《おおだな》になると店の内情は老練な番頭が摑んでいることが多い。幹次郎は吉蔵と話すべきと考えたのだ。

「ならばそうさせていただきます」

と辞去の挨拶をすると、

「麻様の離れ家落成の祝い、いつ催《もよお》されますか」

「まずは半右衛門様の意向をお聞きした上で三浦屋の四郎左衛門様に話し、日程を詰めさせていただこうと考えておりました。日取りについては改めてご相談に上がります」

と幹次郎が答えて半右衛門の仕事部屋をあとにした。

店に戻った幹次郎は吉蔵に、

「半右衛門様から相談を受けた件でござるが、しばし話ができようか」

と訊《き》いた。頷いた吉蔵と幹次郎の話は半刻《はんとき》(一時間)に及んだ。

三

伊勢亀の帰り、幹次郎は浅草寺《せんそうじ》境内の老女弁財天《ろうじょべんざいてん》の茶店《ちゃみせ》に立ち寄った。

「あら、吉原会所の旦那ね」

と茶店の女が幹次郎を迎えた。

もはや南町奉行所定町廻り《じょうまちまわ》同心と幹次郎が互いに信頼し合って付き合っていることを女は承知していた。

「本日、桑平市松《くわひらいちまつ》どのは見えられたか」

「昨日も今日も姿が見えないの。ということはそろそろ顔を出されるんじゃない。吉原会所のお侍《さむらい》の勘はなかなかのものだもの」

「ならば待たせてもらおうか」

幹次郎が茶をもらって四半刻、桑平市松が小者《こもの》を連れて姿を見せた。

「おや、待たせたかな」

と言いながら幹次郎の座る縁台に腰を下ろした。小者は離れた場所に控えた。

幹次郎は桑平の顔が以前より諦観《ていかん》を漂わせているというか、覚悟した表情なのを認めていた。

「女房どのの加減はどうかな」

「おかげで落ち着いた。子供を八丁堀《はっちょうぼり》から女房の実家に帰す体で、小梅村《こうめむら》のあの家に連れて参った。女房も子供も喜んでくれてのう、昨日は身内だけで時を過ごし、近くに住む女房の身内を呼んで昼餉《ひるげ》を摂《と》った」

桑平市松は満足げな顔だった。

「それはよかった」

幹次郎はしみじみ応じた。

女が茶を供する間、ふたりは当たり障りのない話をしていたが、いなくなると桑平が、

「桂川《かつらがわ》先生が処方してくれた南蛮渡来《なんばんとらい》の薬のせいか女房の顔色もよくなった。この分ならば病を克服するのではないかと思うほどだ」

「桂川甫周《ほしゅう》先生といえども診立《みた》て間違いはある。実際によくなっているかもしれぬ」

幹次郎の楽観的な言葉を聞いた桑平市松はしばし間を置き、

「それはない。じゃが、かように落ち着いた日々ができるだけ長くあることを願っておる」

と淡々と言った。そして、

「本日はなにか用かな」

と話柄《わへい》を変えて幹次郎に尋ねた。

幹次郎は懐から伊勢亀半右衛門から預かってきた一通の文を出して桑平に見せ

た。

「読めというのか」

桑平が文を披いて短い文面を何度か読み返し、

「伊勢亀の八代目に出馬の要請が来たか。自ら札差筆頭行司に名乗りを上げた人物にろくな者はおらぬと聞いておる」

「札差を監督する公儀も八代目の伊勢亀が死んだ親父様の跡目を継ぐのがよいと思っているようだが、伊勢亀の当代にはその気がない」

桑平が幹次郎の顔を凝視《ぎようし》し、

「吉原裏同心どのの御用はなんとも手広いな。札差の筆頭行司にまで関わりを持っておられたか」

「いささか事情があってな、それがし、先代の伊勢亀半右衛門様の最期を看取《みと》ったのだ」

桑平が驚きの表情で幹次郎を見た。

「亡くなられる直前、先代に頼まれてな、八代目の半右衛門様の話し相手を務めることになった」

と説いた幹次郎に、

「そうか、身罷った伊勢亀の先代が落籍した薄墨太夫がそなたの家に住んでおるのも、その折りの伊勢亀の先代の頼みか」

と推量した。

曖昧《あいまい》に頷いた幹次郎は話柄を元に戻した。

「この文じゃが、当代の伊勢亀の主も番頭も文面通りに受け取っておられぬ。当代を札差筆頭行司に就けることで、なにか企《くわだ》てているのではないかとみておられる」

「なぜさようなことを伊勢亀では考えたのだな」

「かような差出人なしの文は一通だけではない。十数通、繰り返し送られてきておるのだ」

「ほう。それで、話し相手の吉原裏同心どのが出馬されたか」

「亡き先代は、自分が身罷ったあとに札差筆頭行司の選出を巡り、泥仕合《どろじあい》が起こることを予測しておられた。ゆえに当代に対し、しばらくは札差筆頭行司を継ぐようなことはしてはならぬ、と厳しく言い残されて身罷られたのだ。そんなわけで当代は喪中《もちゅう》を言い訳に札差筆頭行司に就くことを拒《こば》んでおられる」

「この文を伊勢亀が額面通りに受け取っておられぬには、おられぬなりの曰くがなければなるまい」

　桑平市松の指摘に幹次郎は頷いた。

「で、そなた、なにを伊勢亀から頼まれた」

「大番頭の吉蔵どのと話した。伊勢亀に借財を抱えておられる大身旗本《たいしんはたもと》が三家おるそうな。そのうちの一家がなんぞ下心を持ってかような文面を送りつけてこられるのではと当代は考えておられる」

「裏同心どのに説く要はあるまい。われら町方同心は直参《じきさん》旗本御家人《ごけにん》相手では手も足も出ぬ」

　札差の本業は、旗本御家人に支給される蔵米を張紙《はりがみ》値段、つまりは相場で換金し、春借米《はるかりまい》、夏借米《なつかりまい》、冬切米《ふゆきりまい》と一年三度に分けて支給することだ。

　だが、時が経《た》つにつれて、蔵米を担保《たんぽ》に札差が金融を営《いとな》み、巨大な財力をわずか百人余で独占し、武家社会を陰で操る現象が起こっていた。その札差筆頭行司ともなれば、公儀とてなかなか手出しができない巨大な力を保持する。

　長年札差筆頭行司を務めた先代伊勢亀は、武家社会と札差株仲間の両方に気を遣《つか》いつつ、その職を務めてきた。冷静な判断力を持った先代に代わる札差筆頭行司には適任者がそうそういなかった。

桑平の返答に頷いた。

「この三家ともに内証《ないしょう》は何年も先まで蔵米が伊勢亀に押さえられておるそうな。ただし旗本家の主はもとより用人《ようにん》らにかような文を送りつける知恵はない。それでも伊勢亀ではこの三家の旗本家のどこかが当代を札差筆頭行司の地位に祭り上げておいて、新たに借財をしようと考えているのでは、と予測しておられる」

「つまり大身旗本に食い込んだダニを調べよと申されるか」

「伊勢亀はそれがしのような者の他にあれこれと人脈を持っておられる。ゆえに三家に食らいついたダニの名はおよそ分かっておるのだ。これだ」

と幹次郎は大番頭の吉蔵から受け取った、名が記された紙片を渡した。

「裏同心どの、それがしにこの三人のうちのひとりが伊勢亀に悪さを仕掛けておるかどうか調べてくれと願っておるのか」

「そういうことだ、できようか」

「この三家の評判はそれがしも承知だ。かようなダニが大身旗本家に出入りするようでは、幕府も終わりだな」

と桑平がその紙片を懐に入れた。そして、文はどうするな、という風に幹次郎に差し出した。

「その文を認めた当人が分かると、それがしも手の打ちようがある」

「分かった」

と幹次郎の願いを受けた桑平に、

「当座の探索代だ」

と布に包んだ包金《つつみきん》を桑平の膝のほうにずらして幹次郎は茶を喫した。

「そなたは実に奇特なお方というか、不思議な御仁よのう。われら、町方同心風情とかように付き合う一方で伊勢亀の信頼も厚い。これで吉原内の本業は大丈夫なのか」

と桑平が幹次郎の身を案じた。

「なんぞ耳に入ったかな」

「三浦屋の新造を西河岸の切見世に落としたそうじゃな」

「もはやそなたの耳に届いたか」

「いったん泥水に浸《つ》かった新造など五丁町のどの楼も引き取るまいに」

「桑平どのはこの新造の姉がなした所業を承知じゃな」

幹次郎が念押しした。

「先年、吉原を燃やし尽くした大火事の最中に足抜した女郎だったたな。ただ足抜

した だけではない。吉原の住人の女子を殺し、小賢《こざか》しい細工をして、その場を見ていた浪人者《ろうにんもの》とふたりして相州に逃げて暮らしておったそうな。噂によれば、そなたと番方が江ノ島から鎌倉に追って始末したとか」

「噂は噂に過ぎぬ」

幹次郎は桑平の推量を曖昧に否定した。

「ならばそなたら、足抜した女郎を見逃したというか」

「いや、それは」

と答えた幹次郎は、

「それがし、姉と同じ真似を妹にさせたくはないのだ」

と言い換えた。

「神守幹次郎がどんなに懐の深い御仁《ごじん》か、町方同心には察しもつかぬ」

と桑平市松が首を傾《かし》げた。

いつの間にか両人の間に置かれた金子は消えていた。

「それがし、これにて失礼致す。茶代は桑平どのにお支払い願いましょうか」

「茶代くらい払わんと罰《ばち》が当たろう。最前の金子を供してくれたどなたかにくれぐれも礼を述べておいてくれ。いや、それは藪蛇《やぶへび》じゃな。ともかく四郎兵衛には宜しくな」

と桑平が幹次郎に真顔で言った。


幹次郎が吉原に戻ったのは夜見世の直前だった。

帰り仕度をした面番所隠密廻り同心村崎季光とばったりと会った。

「そなたの務めは廓内ではないのか。それをふらふらと廓の外を歩き回って、なんぞ画策《かくさく》しておらぬか」

「ちと野暮用《やぼよう》にて外出しておりました。七代目にはお許しを得てございます」

「そなたの上役は七代目の四郎兵衛じゃ、許しを得るのは当然のことだ」

「ならば、村崎どののご注意はいささか筋違い」

「権限外というか。おい、神守幹次郎、吉原会所は町奉行所の監督下、それもわれら隠密廻りの下にあるのを忘れはしまいな」

「むろん常に肝《きも》に銘《めい》じてございます。ゆえに村崎どの、早々に八丁堀のご役宅のご新造《しんぞ》様のもとへお帰りくだされ」

「わしがどこに帰ろうと会所の裏同心が案ずる話ではないわ」

と苦虫を嚙み潰したような顔で村崎が言った。

「おや、どこぞに隠し持つ妾宅《しょうたく》にでも立ち寄られますか」

「うーん、わしもな、一度くらいそのような言葉をそなた相手に吐いてみたいものよ」

と言った村崎の顔色が変わった。

「そなた、承知か」

と小声で言った。

「承知とはなんでございますな」

「そなたが懇意《こんい》にしておるわが同輩《どうはい》、桑平の女房が実家に帰っておることをだ」

「離縁ですか。それともただの里帰りですか」

幹次郎は当然桑平一家の境遇を承知していた。だが、素知らぬふりをするためにかように言辞《げんじ》を弄《ろう》した。

「八丁堀では離縁や里帰りなど容易《たやす》くできぬわ。皆に見張られているでな」

八丁堀の与力・同心は身内で嫁を取り、婿を取って職を守り抜く、それが御目見《おめみえ》以下、一代かぎりの町方同心の家系を保持し、生き残る知恵だった。

「そのほう、桑平の女房が八丁堀の外から来たのを知らぬか」

「存じませぬ」

と幹次郎は平然と虚言《きよげん》を吐いた。

「小梅村の小作人《こさくにん》の女子でな、この者が不治の病で川向こうの実家に戻っておるのだ」

「それは桑平どの、大変でございますな」

「八丁堀内で縁組をしておれば、かような折りに八丁堀の女房どもが助けの手を差し伸べよう。それを桑平め、惚《ほ》れたはれたで嫁をもらったゆえ、しなくともよい苦労をするのだ」

と村崎が言い放った。

「そなた、桑平とあれこれ付き合いがあるならば見舞い金くらい出せ。おお、そうじゃ、おぬしが用意するならば、わしがあやつに届けてもよいぞ」

と手を出した。

「いえ、見舞いをなすときはそれがし、直《じか》にさせてもらいます」

と幹次郎が答えたとき、夜見世の始まりを告げる清掻《すががき》の調べがどこからともなく流れてきた。

「御用にございますれば、これにて」

と大門前から吉原会所に足を向けた。

幹次郎は奥座敷の四郎兵衛のもとを訪ねた。

「伊勢亀の用向き、分かりましたかな」

四郎兵衛は幹次郎の帰りを待っていたように尋ねた。

首肯した幹次郎は、伊勢亀八代目の半右衛門と大番頭の吉蔵から聞いた話を告げた。

「妙な文ではございますな。八代目半右衛門様に出馬を願う文ならば名がないのはおかしい。伊勢亀が訝《いぶか》しく思うのは当然でしょうな」

と応じた四郎兵衛に伊勢亀が怪しいとみている三軒の直参旗本の名を告げた。

「ほうほう、いずこも内証が苦しいところばかりですな」

四郎兵衛が言い切った。

四郎兵衛のもとには多彩な情報が船宿《ふなやど》、駕籠屋《かごや》、瓦版屋《かわらばん》、口入屋《くちいれ》、そして、なにより遊客の口から入ってくる。

「ただ今の吉原に関わりがあるのは、元出火之節見廻役《しゅっかのせつみまわりやく》、無役《むやく》の四千二百石能《の》勢《せ》治《じ》五郎《ごろう》様の用人宇津木梅蔵《うつぎうめぞう》様ですな」

「寄合席《よりあいせき》の用人、宇津木梅蔵どのが吉原遊びをなされますか」

「むろん他人の金でございますよ。札差片町組の上総屋彦九郎の旦那と揚屋町《あげやちょう》の大籬《おおまがき》（大見世《おおみせ》）大黒屋《だいこくや》にこのところ何度か揚がっておられますな」

「ちょっとお待ちくだされ。能勢家は長年伊勢亀が蔵米を扱ってきたのではございませぬか。先代が身罷った途端、札差を替えましたか」

幹次郎は伊勢亀の大番頭に聞いたばかりの能勢冶五郎が札差を替えたことに驚きを隠し切れなかった。伊勢亀では気づいておるのかどうか。

「まず蔵米を取り扱う札差を替えるのは、吉原で馴染《なじみ》の遊女を袖《そで》にして同じ楼の別の遊女に乗り換える以上に難しゅうございましょうな。上総屋は札差筆頭行司になりたい。能勢家では伊勢亀の借財をできることならそのままにして上総屋に乗り換え、蔵米を扱わせたい。両者の利害を一致させるためには、上総屋が強い権限を持つ札差筆頭行司になることがまず求められます」

ふうっ、と思わず幹次郎は息を吐《つ》いた。

「となれば、妙な文を伊勢亀に送り続ける御仁は、上総屋と能勢家ではございませぬな」

「その辺が未だ曖昧としておりますな」

四郎兵衛が言った。

「御蔵前の大事は吉原の大事になりかねませぬ。この一件、私のほうでも動いてみましょう」

と四郎兵衛が言い、

「麻様の離れ家の新築祝い、当代の半右衛門様のご返答はどうでしたな」

と話柄を変えた。

「ぜひ参加させてくださいと快《こころよ》く受けてくださいました」

「三浦屋も快諾となれば、あとは日にちですね」

と四郎兵衛が言い、

「こちらに来る途中、わが家に立ち寄り、麻に尋ねますと、『いつなりともよい』との返答でございました」

四郎兵衛が手を叩き、娘の玉藻を呼んだ。

「あら、神守様、お出《い》でだったの、知らなかったわ」

と言った玉藻が、

「新築祝いの件はどうなったの」

とふたりに問うた。

「それだ」

四郎兵衛が前置きして、幹次郎が伊勢亀の当代の返答や麻の言葉を伝えた。

「ならば今晩じゅうに汀女先生と浅草並木町《なみきちょう》で会い、日程をいくつか決めてくるわ。皆が集まれる日にすればいいわね」

と玉藻が答えた。どうやら玉藻は浅草並木町の料理茶屋に行く様子だ。

「お願い申します」

と幹次郎が言い、

「七代目、玉藻様、桑平どのに会いましたところ、庵に移られたご新造どのの体調がすこぶる宜しいそうな。昨日など、お子たちもいっしょに半日を過ごされたそうです。四郎兵衛様にくれぐれも宜しくお礼を申してくれと願われました」

「それはようございました」

「それがし、見廻りに出てきます」

と幹次郎は津田助直を手に立ち上がった。

四

幹次郎はその日、会所の裏口から蜘蛛道を抜けて西河岸に出た。そして初音の切見世に向かい、ゆっくりと歩を進めた。

吉原は二万七百六十余坪、表通りの仲之町《なかのちょう》、五丁町の他に無数の狭い暮らしの路地があって、広いようで狭く、狭いようで広い特異な、

「町」

を形成していた。

仲之町、五丁町には引手茶屋や大小さまざまな妓楼が軒を連ねて、吉原の、

「表の顔」

を見せていた。だが、吉原はこれだけでは成り立たない。表通りの裏に吉原を支える住人たちの住まいや商いの場があった。いわば吉原の、

「裏の貌《かお》」

だった。

当然、この裏には客は入ってはならなかった。

そういえば番方以下会所の者は見廻りに出ていたのか、老犬の遠助を含めてだれもいなかったな、と幹次郎は西河岸を歩きながら思った。

「表の顔」と「裏の貌」と吉原を分けてみたが、このふたつだけでは成り立たないのが吉原だった。

五丁町で売れなくなった遊女が最後に落ちていく先が鉄漿溝《おはぐろどぶ》と高い塀の内側にへばりつく河岸見世《かしみせ》だ。東側にあるのが羅生門河岸、また五丁町を挟んで西にあるのが浄念《じようねん》河岸とも呼ばれる西河岸だ。

夜見世が始まったばかりだ。

会所の面々は大門前や仲之町、五丁町を見廻っているだろう。

そんなことを考えながら幹次郎は歩を進めた。

会所を出るとき、袴《はかま》を脱いで着流しにし、編笠《あみがさ》を被《かぶ》って一見武家方の次男か三男が吉原に素見《ひやかし》に訪れた体を取っていた。

「おや、切見世に素見かえ」

間口四尺五寸（約一・四メートル）の切見世のひとつから声がかかった。細く開けられた障子戸の溝《みぞ》に夜店で買ったような安物の盆栽《ぼんさい》が飾られていた。丹念に手入れされた松の盆栽の主は、十五夜《じゆうご や》おせんだ。

幹次郎と汀女が吉原に関わりを持ったころ、揚屋町の総半籬《そうはんまがき》（小見世《こみせ》）から落ちてきたと聞かされていた。

「おせんさん、会所の神守だ」

「なんだ、会所のお侍さんか。形がいつもと違うので間違えたよ。わちきもそろそろ年貢《ねんぐ》の納めどきかね。とはいえ、大門を出たところで行く当てはない」

おせんが狭い見世の中から言った。

「この松の盆栽が元気なうちは務めを続けると番方に聞いたことがあるがな」

「へえ、番方がそんな曰くを知っていたか。なあに、この浄念河岸に落ちてきたとき、最初の客がさ、持ってきたものさ。植木屋の半端《はんぱ》職人だけどね、揚屋町時代からの馴染客だったよ。あれから何年が経ったのか」

「そなたが浄念河岸に移ったころ、われら夫婦も会所に拾われたゆえ、五、六年ほど前ではないか」

「百年も二百年も長い歳月が過ぎた気がしますよ。神守の旦那、五丁町に流れる時と浄念河岸に流れる時は違うんですよ。お侍には分かりますまいな」

「おせんさん、われら、妻仇討《めがたきうち》でな、十年、諸国を追っ手にかかって逃げ回ったで、時の流れは等しいようで、境遇次第で一様ではないことを承知しておる」

「汀女先生は、人妻だったってね。神守の旦那、なかなかやりなさるな」

「昔の話だ。ただ今は、吉原のおかげで呑気《のんき》な暮らしをさせてもらっておる」

「訊いていいかね」

「答えられることは答えよう」

十五夜おせんが障子戸までにじり寄ってきて、松盆栽の前に来た。

「三浦屋の新造を初音姐《ねえ》さんに預けたってね。なんの魂胆《こんたん》があってそんなことをしなさった」

「魂胆な、長い話になるぞ」

「構いませんよ。切見世の女郎にあるのは退屈な暇《いとま》ばかりですよ」

幹次郎は掻い摘《つま》んで、姉の小紫の話から三浦屋の桜季の足抜未遂までを話した。

「それがし、桜季に姉と同じ真似だけはしてほしくなかったのだ」

「それで切見世に落としなさったか」

「おせんさん、それがしに三浦屋の新造を切見世に落とす力などない。吉原の表裏を肌身に感じて承知してほしかったのだ。ゆえに三浦屋の四郎左衛門様に許しを乞うたのだ。その経験が桜季を変えてくれることを願ってのことなのだ」

「罰として切見世に落としたわけではないのかえ」

「いや、それは違う」

「近ごろじゃ西河岸に桜季を見物に来る素見が増えたよ」

「できることならば、桜季には今一度己の力で五丁町に戻ってほしいのだ。そのためには、吉原の良きところも悪《あ》しきところも知ることが役に立つと思うたのだ」

おせんは、黙って盆栽の松葉を触《さわ》っていた。

「よくもまあ、三浦屋の旦那が神守の旦那の気持ちを酌《く》んで許しなさったよ。だがね、四郎左衛門様の寛容さも神守の旦那の心遣いも、桜季には小指の先ほども伝わってないよ」

「それも承知だ。初音さんに迷惑をかけておるだけだ」

「それでも旦那は、桜季の性根《しょうね》が変わると思うていなさるか」

「そう信じなければかようなことはできまい」

「分かってくれるといいね」

と十五夜おせんが最後に言った。

幹次郎は西河岸の中ほどに来たとき、迷った末に蜘蛛道に曲がった。そして、天女池を訪ねてみようとふと考えた。もしかしたら桜季がいるのではないかと思ったからだ。

細く暗い蜘蛛道を抜けて天女池に出て、幹次郎は秋の風を頰《ほお》に感じた。

そのとき、薄暗い天女池に異変を感じた。

お六地蔵と呼ばれる野地蔵の前に数人の男たちがいた。

最初、幹次郎は吉原会所の仲間かと思った。

だが、男たちに囲まれた中から嶋村澄乃の毅然《きぜん》とした声がして、それが違うことを悟《さと》った。

「お客人、ここは吉原に住む者しか立ち入ってはいけない場所ですよ。早々に表に、五丁町に戻ってください」

「西河岸に若い新造が鞍替《くらが》えしたってんで、覗《のぞ》きに来たんだ。局見世なりに遊び代は払うと言うているんだ、おれたちを楽しませてくんな」

「冗談はよしてください」

澄乃の声は冷静だった。

「会所の女裏同心、邪魔をするよりさ、おめえも桜季といっしょにおれたちの相手をしねえな」

男の声が澄乃に言い、仲間たちの笑い声が応じて、老犬遠助が吠えた。

どうやら人影の向こうに遠助もいるらしい。桜季の声はしなかった。だが、男たちの陰にいることが察せられた。

男たち六人の中にふたりほど浪人者が交じっていた。それにしても男たちはどこから天女池に入ってきたのか。むろん一人ひとりばらばらに蜘蛛道を伝ってきたのだろうが、吉原に慣れた連中と思えた。

「兄い、どうするね」

「ふたりともどこぞの空《あ》き家《や》に連れ込むぜ」

兄貴分の声がして、場に急に緊張が走った。

「理不尽《りふじん》な真似をすると痛い目に遭《あ》いますよ」

「ほう、相手をするというかね。手にした麻縄は犬の引き綱《つな》か」

「遠助は引き綱をつけません。この麻縄は私の得物《えもの》です」

「ほう、麻縄でどうしようというのだ。野郎ども、会所の女子も連れていくぜ」

その声がした直後、びしり、と音がして男のひとりが悲鳴を上げた。

「畜生《ちくしょう》、やりやがったな」

澄乃の先制攻撃に男たちの固まりが散って、思い思いの得物を摑んで構えを見せた。浪人ふたりはさすがに刀を抜いていなかった。

野地蔵の前に桜季が屈《かが》み、遠助を両腕で抱きしめていた。そして、澄乃が男たちを睨《にら》みながら天女池の水に麻縄の先を浸《ひた》していた。

「兄い、お、おれにこの女子を痛めつけさせてくんな」

男のひとりが片方の肩を押さえながら匕首《あいくち》を構えて、兄貴分に許しを乞うた。

肩を澄乃の麻縄で叩かれた男だろう。

「できるか、この女、ただ者じゃねえぞ」

「関六《せきろく》兄い、最前は油断した」

「よし、信吉《しんきち》、やってみな」

匕首を持つ手に唾《つば》を吐きかけた信吉が澄乃に向かって飛び込んでいった。

澄乃の持つ麻縄が虚空《こくう》に舞って飛び込んできた信吉の首筋を、
びしり
と最前より大きな音を響かせて叩いた。

くたくた
と体を泳がせて信吉は手から匕首を落とし、天女池に転がり込んだ。

「くそっ」

兄貴分と思える男の声に浪人者たちが刀の柄《つか》に手を掛けた。

「そこまでだ」

幹次郎が言いながら騒ぎの場に歩み寄った。

「何者だ」

と浪人者が幹次郎を誰何《すいか》した。幹次郎が答える前に、

「先生方、引き揚げるぜ。信吉を引き上げな」

と兄貴分が命じた。

「そなたら、何者だな」

「天女池につい迷い込んだ客だ」

と兄貴分が言い、信吉を引き上げて、六人が天女池から姿を消そうとした。

「迷い込んだ客だ、と言われたからには今晩は見逃そう。魂胆があってのことなら、この次は許さぬ」

幹次郎の念押しに六人は黙って、慣れた様子で蜘蛛道に潜り込んでいった。

「澄乃、ようやった」

と幹次郎が褒めた。

幹次郎と澄乃のやり取りを聞いても桜季は、じいっと身動きひとつせず、口を開かなかった。ただ遠助を抱きしめて震えていた。

「神守様、夜見世の間、桜季さんを天女池で過ごさせるのは危のうございますよ。最前の類《たぐい》がこれからも増えそうです」

澄乃が言った。

昼見世の間に西河岸の掃除を桜季は命じられていた。ゆえに暇などない。だが、夜見世の間は、桜季が過ごす場所がないと澄乃は言うのだ。

「いかにも剣呑《けんのん》じゃな」

と答えた幹次郎は澄乃に、

「最前の連中、偶《たま》さか蜘蛛道を入ってきて桜季に会った者たちと思うか」

「いえ、最初から桜季さんがここで過ごすことを承知していたように思えます。私のことも承知でした」

「となると全員を放つのではなかったな。せめて兄貴分でも捕えておけばよかったか。だが、相手が素見であれ客と名乗った以上、ああするしかなかったわ」

幹次郎の言葉に澄乃がただ頷いた。

「あやつらに魂胆があれば、また桜季の前に姿を見せよう」

はい、と答えた澄乃が、

「神守様のこともとくと承知のようでしたね。あの連中の背後にいる者が、神守様か吉原会所とはただ今のところ事を構えたくないのではございますまいか」

と言った。

「いよいよ、放つのが早かったたか」

と繰り言を言う幹次郎に、

「桜季さんをどうなされますか」

と澄乃が質《ただ》した。

しばし沈思した幹次郎が、

「澄乃、桜季を連れてそれがしに従え。遠助、そなたもいっしょじゃ」

と言うと、澄乃が桜季の腕を取り、立たせた。

「どこに参られます」

桜季に代わって澄乃が訊いた。

「桜季の身を預かってくれるかどうか知れぬ。じゃが、蜘蛛道の中に夜見世の間、置いてくれるところはあそこかのう。断わられても致し方ないがな」

幹次郎は自分の思いつきに自信が持てなかった。

三人と犬一匹が訪ねたのは、揚屋町から通じる蜘蛛道の一本だ。

豆腐屋の山屋《やまや》は明日の仕込みをしていた。ために蜘蛛道に大豆を煮るにおいが漂っていた。山屋は吉原では名の通った豆腐屋だ。

「文六《ぶんろく》どの、仕事中と思うたが、ちと頼みがあって参った」

幹次郎の言葉に文六と奉公人が訪問者たちを見た。

若い奉公人の顔色が変わった。桜季がだれか、承知なのだろう。

「神守様、先日はボヤ騒ぎの折りに世話になりましたな」

「火つけを捕まえたのはそれがしではない。会所の若い連中だ」

「で、お頼みとはなんでございますな」

「そなた、この娘を承知か」

文六が目をしばたたかせて桜季を見ていたが、

「へえ」

とだけ答えた。

「ただ今切見世の同居人ということも承知か」

「神守様、廓は狭いところですよ、噂は直ぐに回りますでな。ただし神守様がどのような考えで三浦屋から西河岸に鞍替えを命じられたか、曰くは知りませんや。で、頼みとはなんでございますな」

「夜見世の間、桜季をこの店で働かせてくれぬか。いや、労賃はなしだ、夕餉《ゆうげ》など考えることはない。三浦屋の禿だった、新造だったと遠慮することもない。それがしが桜季に願うのは、吉原がどのような場所か、光も闇もすべてを知ること だ。そして、様々な人びとが遊女三千を引き立てて生きておることを肌身で感じてもらいたいのだ」

幹次郎はそう説明したあとに天女池であった騒ぎを告げた。

局見世には泊まり客などまずない。ゆえに暮れ六つ（午後六時）から四つ（午後十時）前までの二刻（四時間）が商いの刻限といってよい。

幹次郎は、この二刻の間、桜季が山屋で過ごせないかと考えたのだ。

しばし幹次郎の言った言葉を思案していた文六が、

「おっ母《かあ》」

と奥に声をかけた。

女房のおなつが姿を見せた。最前からのやり取りは当然おなつの耳に届いていたであろう。吉原で名高い豆腐屋といえども狭い店と住まいだ。

「聞いたか」

「はい」

と応じたおなつが幹次郎を見て、

「神守の旦那も次から次に大変な厄介を抱え込んでいますね」

と言った。

「なぜであろうな、いつの間にか厄介に首を突っ込んでおる」

幹次郎の言葉に苦笑したおなつが桜季を見た。

「おまえさん、最前からの神守様の話を聞いていたね」

と質した。桜季が黙って頷くと、

「おまえさんは客商売の遊女だよ。はいならはい、と声を出して返事をしな」

と厳しいがさばさばとした口調で注意をした。

「はい」

と桜季が意外と素直に答えた。

「神守様の真意をおまえさんがどう酌み取っているか、わたしゃ知らないよ。うちが神守様の願いに応えようとするのは、神守幹次郎ってお人を信用するからだ。いいかい、ただ働き、夕餉もなし、夜見世の間、ただ時を過ごすんじゃない、豆腐屋の手伝いをなす。一人前に切った豆腐一丁いくらか、おまえさんも禿のころうちに買いに来たから承知だろう。一丁五文か六文の豆腐にどれほどの手間暇がかかるか、大変な仕事だよ。それでもうちでただ働きする気があるかい」

と質した。

幹次郎は、「豆腐の山屋は女房でもつ」と聞いたことを思い出していた。

桜季が大豆を煮るにおいがする山屋の店の中を見ていたが、うん、と頷くよう

なしぐさを見せ、慌てて、

「お願い申します」

と頭を下げた。

局見世や天女池で夜を過ごすことを考えれば、山屋での時は、

「世間の暮らし」

だった。

桜季とて、山屋の二刻がどれほど救いになるか悟ったのだろう。

幹次郎は少しだけ安堵した。

「神守様、いつから働かせますか」

「ただ今からだ」

幹次郎は桜季を山屋夫婦に願い、

「澄乃、遠助、見廻りに参るぞ」

と命じて山屋を出た。

第二章　山屋の小女《こおんな》

一

その夜、四郎兵衛に桜季の一件を報告した。

「ほう、山屋が夜見世の間、桜季を置いてくれることになりましたか。文六とおなつさん夫婦は働き者だ。なんぞ桜季が感ずることがあればよいのですがな」

と四郎兵衛が応じた。

「西河岸に三浦屋にいた新造が鞍替えしたというので素見が入ってくるようになったそうです。かように速く噂として広まるとは考えませんでした」

幹次郎は己の浅慮《せんりょ》を恥じる表情で言った。その言葉を受け止めた四郎兵衛が、

「この戦いは始まったばかりですよ」

と幹次郎を励ました。その言葉を聞いて幹次郎は背にさらにぐっと重い荷が伸《の》しかかったような気がした。

(己の考えは手前勝手な理屈に過ぎなかったのではないか)

となるとひとりの新造を幹次郎が潰したことになる。改めて幹次郎は己に気合を入れ直し、覚悟を固めた。

この夜、幹次郎は澄乃といっしょに四つ時分に大門を出た。えらく長い一日だと思いながら幹次郎は黙々と五十間道《ごじっけんみち》を歩いた。

「神守様、豆腐の山屋夫婦に夜見世の間だけ桜季さんを預けたことは、きっとよい結果を生むような気がします」

と澄乃が不意に言った。

「であるとよいな。いささか己の浅慮を悔いておる」

幹次郎の言葉に澄乃が驚いたか、足を止めた。

「桜季さんの気持ちが変わるにはもう少し時が要ります。それは神守様がとくと承知のはずですね」

うむ、と幹次郎は答えた。

「最前、四郎兵衛様からも戦いは始まったばかりと忠言を受けた。だが、それがし、桜季の憎しみの深さを理解していないのではないか」

「珍しゅうございますね。神守幹次郎様が弱気になるなんて。烏滸《おこ》がましいのは承知で申し上げます」

「なんだ、申せ」

「神守幹次郎様は三浦屋のために桜季さんを西河岸に落とされましたか」

だれもが感じる疑いの言葉を口にした。

「三浦屋のためを思うならば、足抜未遂の咎《とが》めとして早々に他楼に売るのができるだけ損《そん》をかけぬ選択であったろう。三浦屋の女将《おかみ》どのもそう考えておられた」

「それを神守様は、三浦屋に西河岸に住み暮らさせることを進言なされた。なぜですか」

澄乃の舌鋒《ぜっぽう》は鋭《するど》かった。

「吉原がどのような遊里か知ることが、桜季がこの吉原で生きていくためには最善の途とそれがしは考えたのだ」

「桜季さんのためにかような真似をなされた」

「そういうことだ」

「ならばその信念を貫き通されることです」

しばし沈黙の裡《うち》に澄乃の言葉を吟味《ぎんみ》していた。

「きっと神守様が考えたようになります」

そう不意に言った澄乃は、しばし言葉を続けるかどうか迷った末に、

「最前、山屋に行き、桜季さんが初音さんのもとへ帰るのに同道しました」

「それは気がつかなかった。どうだったな、桜季は」

「西河岸の切見世の暮らしは桜季さんにとって息が詰まるほどだと思います。でも山屋で過ごす時が加わって、どことなくほっとしている感じでした」

「そうか、ほっとしておったか」

「帰り道です。桜季さんがぽつりと、加門麻様から文をもらったと言うておられました」

「そうか、そのようなことを桜季はそなたに話すようになったか」

「麻様は毎日桜季さんに宛てて文を書き、その文使いを神守様がなさるそうですね。桜季さんは吉原でひとりだけで暮らしていると思うてこられたのでしょうが、それは違います。この吉原には何千人もの遊女衆がおります。全盛を誇《ほこ》った薄墨太夫、ただ今の加門麻様が毎日文を認め、それを神守様が文使いをなさる。西河岸に暮らすひとりの新造のためにです、そのような心遣いがどれほど珍しいこと

かを桜季さんは知らねばなりません」

「そうだな」

「神守様、麻様、遠助、初音さん、三浦屋の主夫婦、山屋の夫婦と多くの人びとにそれぞれの立場から見守られていることに桜季さんはきっと気づいてくれると思います」

そんなことを話しながら見返り柳を傍らに見て、日本堤《にほんづつみ》（土手八丁《どてはっちょう》）に入った。

まだ引け四つ（午前零時）までには時があった。

駕籠《かご》や徒歩《かち》で馴染の遊女のもとへと駆けつける客の姿があった。

秋の夜だ。

土手八丁に虫の集《すだ》く声が寂しげに響いていた。

「澄乃、そなたは吉原の暮らしに慣れたか」

幹次郎は話柄を変えた。かような話をこのところ澄乃としていなかったなと気づかされたからだ。

「父上が亡くなり、がらりと暮らしが変わりました。吉原の奉公がこれほど厳しいものとは想像もしませんでした。ですが、毎日なにかしら新しいことに出合って飽きません。長屋で父上と暮らしていたときには想像もしなかった生き方です。私の気性にぴったり合ったのが吉原会所の務めです」

「吉原女裏同心などと呼ばれる務めはそなたが嚆矢《こうし》だ」

「いえ、神守様夫婦がおられたゆえに私の務めがあったのです。嚆矢は神守様です」

「われらは吉原に頼るしか江戸で生きる途はなかったのだ」

「それを申されるならば私もいっしょです」

と言った澄乃が、

「番方がいつも申しておられます。『おれたちに神守様の真似はできねえ。おれたちの目は廓内にしか向いていなかった。それを、廓の外まで吉原は繋がっていることを神守様が教えてくれた』と」

「ほう、番方がな。長年の習《なら》わしをそれがしが変えてしまったか。七代目や仙右衛門どのや小頭《こがしら》の長吉《ちようきち》どのの理解がなければ変えられなかったことはたしかだ。だがな、長い目で見て、それがしがやってきたことがよきことか悪しきことか己でも理解がつかぬ」

幹次郎の述懐《じゆつかい》を黙って澄乃が聞いていた。

「遊女衆は薄墨太夫の落籍に神守様が一役買ったことを驚きの目で見ておられます。その上で自分たちにもそんな奇跡が起こるのではないか、と望みを持たれたこともたしかです」

「薄墨太夫が加門麻と変わったのは、背後に伊勢亀の隠居様の粋《いき》な漢気《おとこぎ》があったからだ。あのようなことはそうそう起こるものではあるまい」

「それでも遊女衆はあの落籍話に光明《こうみよう》を見て、自分の行く末に望みを持たれたのです」

と澄乃が言ったとき、澄乃の住む長屋のある田町《たまち》への道に差しかかっていた。

幹次郎は澄乃が廓の暮らしによう溶け込んだものだな、と感嘆《かんたん》していた。

「ご苦労であったな」

幹次郎は澄乃を見送り、土手八丁をさらに進んだ。

寺町《てらまち》の端っこにある柘榴の家の門前に戻りついたとき、柘榴の家に灯《あか》りが入っているのが見えた。

幹次郎は門前に立ってしばし己の家の灯りを見ていた。

(それがしの暮らしの基《もとい》だ)

なんとしても家を守る、そのために吉原会所の務めを果たすのだ。決して退《ひ》いてはならぬと覚悟を新たにして、小さな門を開けて飛び石を進んだ。

まず黒介が幹次郎の帰宅に気づいたか、家の中でみゃうみゃうと鳴いて皆に知らせた。

戸口に女たちと黒介が迎えてくれた。

「おや、姉様も戻っておられたか」

「今宵はお客様が早々にお帰りになりましたゆえ、早帰りさせてもらいました」

「かように家の者全員が顔を揃えるのは珍しいな」

「幹どのは夕餉を済まされましたか」

汀女に代わって麻が訊いた。

「あれこれとあってな、夕餉は食しておらぬ。帰りは嶋村澄乃といっしょだったのだ。こうと知っておれば、夕餉に招くのだったな」

「おひとりで、長屋で食されるのも寂しゅうございましょう。この次は、澄乃さんを呼んでください」

と汀女が言った。

「そう致そうか」

すでにおあきは夕餉を食して自分の部屋に引き下がったとか。台所の囲炉裏端《いろりばた》に幹次郎、汀女、麻の三人で座し、黒介が麻の膝に体を寄せた。

膳には秋鯖《さば》の焼き物、旬の焼き茄子《なす》などが並んでいた。

汀女が燗《かん》をした酒を幹次郎に注《つ》いだ。

「幹どの、桜季は文を受け取ってくれましたか」

と麻が気にしていたことをまず訊いた。

「天女池で渡したときは戸惑いがあったか、直ぐに受け取ろうとはしなかった。だがな」

と前置きした幹次郎は、その日起こったことを、順を追ってふたりに聞かせた。

「なんと、なんとも大変な一日でしたね」

と汀女が言った。

「山屋にいさせてもらうのは桜季にとって救いではございませぬか。おかみさんのおなつさんはできた女衆です。吉原に入り立ての娘は、だれもが一度は世話になり、叱《しか》られた経験があるはずです」

蜘蛛道の暮らしをよく承知の麻が言った。

「そなたもおなつさんに世話になったことがあるか」

「私はございません。ですが、桜季は入り立てのころ、豆腐を買いに行かされたことがございましょう」

「そうおなつさんも言うておられた」

「幹どのはようもあれこれと考えられます」

「咄嗟《とっさ》の思いつきじゃが、桜季が生きていくことがどれほど大変か、肌身で感じてくれるとよいがな」

と答えた幹次郎は、今夜の帰り道、嶋村澄乃に弱気の発言をなし、叱られたことを話した。

ふっふっふふ
と女ふたりが笑い出した。

「天下の神守幹次郎を叱咤激励《しったげきれい》なさる女裏同心ですか。私や麻にはできませぬ。澄乃さんは同じ陰の身の務めゆえ、そなたの置かれた立場をよう承知です。うかうかしていると、神守幹次郎の地位を脅《おびや》かされることになりますよ、幹どの」

と汀女が言った。

「姉上、機会を設けて澄乃さんをうちにお招き致しましょう」

「うすずみ庵の落成の折りというわけにはいくまいが、近々その機会を作ろうか」

幹次郎が答え、

「おお、姉様、どうなったな、離れ家の落成祝いの日取りじゃが」

「玉藻様にお聞きして、直ちに手配り致しました。八日後が佳日《かじつ》にございます。その日に致しました」

「ならば、明日にも伊勢亀の八代目にお尋ねしてみよう」

「幹どの、すでに玉藻様が八代目の了解を取ってございます。万事遺漏《いろう》はございません」

と汀女が答えた。

「幹どのは本日、八代目にもお会いになったそうですね」

「うむ、久しぶりにお会いした」

「御用でございますか」

「まあ、そうならぬことを願っておる」

と幹次郎は答えた。

汀女も麻も不審《ふしん》そうな顔をしていた。

「いや、八代目を札差筆頭行司に担ぎ出そうという輩《やから》かどうか真偽《しんぎ》は分からぬが、差出人なしの文が頻繁《ひんぱん》に伊勢亀に舞い込むそうな。先代の遺言もあって、当代はさような誘いには乗りたくないそうじゃ。ただ、余りにもしつこい文ゆえ、それがしに相談があったのだ」

「伊勢亀の先代が余りにも権勢《けんせい》をお持ちだったゆえ、だれが新しい札差筆頭行司に就かれても大変でございましょう。八代目が先代の遺言を守られること、賢明《けんめい》な判断かと存じます」

幹次郎の説明に汀女が答えた。

この夜、離れ家のうすずみ庵に加門麻が初めて独りで床を延べて眠った。

母屋の柘榴の家では、

「幹どの、人ひとりいなくなると寂しいものですね」

と汀女が呟《つぶや》いたが、幹次郎は聞こえぬふりをしていた。

翌朝、幹次郎は下谷山崎町の津島傳兵衛道場に稽古に行った。幹次郎は津島道場の客分格として遇《ぐう》されていた。

この朝、傳兵衛は門弟《もんてい》一同が初めて目にする稽古着姿の人物を連れて道場に入ってきた。

年のころは三十三、四か。背丈は五尺九寸（約百七十九センチ）ほど、長年の鍛錬《たんれん》がしっかりとした足腰に表われていた。だが、顔貌《かおかたち》は静かな笑みを湛《たた》えており、穏やかな人柄を思わせた。

「わが香取神道流《かとりしんとうりゅう》を修行なされた常陸土浦《ひたちつちうら》藩家臣赤井武右衛門《あかいぶえもん》どのだ。赤井どのの父上とわしの父が剣術仲間でな、われら倅同士は本日初めて会うた。弟子入りを願われておる。だれか稽古相手を務めてくれぬか」

と傳兵衛が言い、近ごろ体もがっしりとして技も上達したと自称する重田勝也《しげたかつや》が、

「先生、それがしが赤井様の稽古相手を務めます」

と自ら志願した。

「よかろう。稽古ゆえ竹刀《しない》と致せ」

と命じた津島傳兵衛が、

「それがしが審判を務めよう」

と自ら買って出た。

傳兵衛は赤井武右衛門の技量がどれほどか、推察がつかなかったようだ。

幹次郎もまた赤井のしっかりとした五体と笑みの顔に腕前の判断がつかないでいた。

「両者、これへ」

と招いた傳兵衛がさらに、

「勝也、これは試合ではない。赤井どのの胸を借りるのだ」

と忠言した。

「津島先生、畏《かしこ》まりました」

と重田勝也が応じたが、内心には新入りの肝を冷やしてやろうという魂胆が見えた。

ふたりが一礼し合い、間合を取った。正眼《せいがん》に構え合った竹刀間はおよそ三尺だ。

幹次郎は、

(強い。重田勝也とは格段の差がある)

と思った。

審判を務める津島傳兵衛も、

(これは)

と思った表情を一瞬見せたが、その気配を直ぐに消した。

勝也が誘いをかけるように竹刀の先端を上下させて、飛び込む間合を計っていた。最近よく使う誘いの手だ。

赤井武右衛門が誘いに乗ったように半歩前進し、

「ござんなれ」

と勝也が胸元に竹刀を引きつけると同時に赤井に向かって雪崩《なだれ》るように飛び込み、面《めん》を襲った。

だが、赤井の正眼の竹刀が翻《ひるがえ》って飛び込んでくる勝也の胴を、
びしり
と叩いていた。

うっ
と息を止めた勝也が横手に転がった。

「話にもならぬな」

と苦笑いした津島傳兵衛が次の門弟臼田小次郎《うすだこじろう》を指名した。

だが、臼田も三番手の猪俣作兵衛《いのまたさくべえ》も一撃で転がされた。

同門の新入りに津島道場の中堅組があっさりと敗北した。

「赤井どの、話にもなにもなりませぬな。うちはこの程度の道場にござるが、入門なさるかな」

と津島傳兵衛が訊いた。

「他に門弟衆はおられませぬか」

と赤井は道場内を見廻した。

臼田より上位の者は傳兵衛の指名を受けなかった。

「正直、生きがいいのはただ今対戦した弟子たちでござってな」

しばし沈思した赤井が道場の端に立つ幹次郎を一瞬見やった。だが、両者して
なにも口にしなかった。

「相分かりました。他日お邪魔致そう」

と言い残した赤井武右衛門が道場を出ていった。

二

赤井武右衛門が道場から姿を消したあと、道場内に重い無言が漂っていた。

「先生、申し訳ございません」

と勝也が詫びた。

「詫びる要はあるまい。結果はおよそ分かっていたことじゃ」

津島傳兵衛が淡々とした口調で答えていた。すると勝也が問い直した。

「先生、ならばなぜ花村師範《はなむらしはん》や、客分の神守幹次郎どのと対戦させなかったのですか」

「赤井武右衛門なる者の魂胆が分からぬゆえ、勝也、そなたらと立ち合わせてみたのだ」

「津島先生、あの者、土浦藩の家臣と申されましたな。また先生の父御と赤井どのの父御が剣友であったとも言われました。ならば出自《しゅつじ》ははっきりしておりましょう」

花村栄三郎《えいざぶろう》師範が質した。

「亡き父の剣友に土浦藩の赤井某《なにがし》と申されるお方がいたことはそれがし、父から何度か聞いておる。じゃが、それがし、直に会うたことはない。突然、子息《しそく》の赤井どのがわが道場に姿を見せられて弟子入りしたいと申された。じゃが、いささか言動に疑義《ぎぎ》が生じたでな、勝也らでは相手にならぬとは分かった上であの者の様子をみたのだ」

と言った傳兵衛が、

「神守どの、あの者の剣、どう見られた」

と不意に幹次郎に訊いた。

しばし間を置いた幹次郎が、

「力を出し切って勝也どの方と立ち合ったのではないことは明らかでしょう。それに津島道場と同じ香取神道流を修行されたと申されたそうですが、別の流儀を習得された方ではございませぬか」

幹次郎の言葉に傳兵衛が頷き、

「違いますな。ひょっとしたら流儀だけではのうて、土浦藩家臣というのも虚言かもしれぬ」

「あの者、涼しげな風貌を醸《かも》し出しておりますが、その涼しげな風采《ふうさい》の下に血に塗《まみ》れた経験が数多《あまた》あるように見受けました」

「やはりそう見られたか」

道場内で隠された意図を明かし狼藉《ろうぜき》に及ぶならば直ぐにも止めに入れるようにと、津島傳兵衛は自ら審判を務めたのであろう。

「先生、あの者、さような虚言を弄して津島道場に入門して、なにをなそうとしたのでございましょうな」

花村師範がさらに質した。

「わが道場になにか遺恨《いこん》があってのことか。はたまた」

と言葉を継ぎかけた傳兵衛が幹次郎を見た。

「それがしが狙いでございましょうか」

この場では口にしなかったが赤井某は幹次郎にちらりと一瞬視線を向けた。だが、直ぐに視線を動かしていた。

「ただ今のところはすべてが推量に過ぎません。まあ、どのような企てがあろうと、そのうち判明致しましょう」

傳兵衛が言った。

「先生、あの者、また道場に姿を見せますか」

勝也が訊いた。

「どうだ、そなたら、対戦した感じは」

花村師範が勝也、小次郎、作兵衛らに尋ねた。

「先生が申されることを信じておりましたで、ただ力を出し切って対戦してみましたが、結果はご覧の通りです。重田勝也、未熟者でございました」

と勝也が言った。

「未熟者な、そなたの技はそれ以前の段階よ、ひよこにも達しておるまい」

花村師範の厳しい返事に作兵衛が、

「それがし、勝也と小次郎があの様《ざま》ゆえ、ただ少しでも長く立ち合おうと試みましたが、赤井どのの涼やかな眼差《まなざ》しについ打ち込んでおりました。その瞬間、ひやり、と赤井どのの竹刀が真剣に見えて背筋に悪寒《おかん》が走ったのを感じました」

「よう、見ておったな。それがあの者の正体よ。向後、なにがあってもいかぬ、あの者の企てがはっきりするまで各自注意せよ。たとえ、あの者が道場を訪れても、それがしが不在の折りは立ち合ってはならぬ」

と傳兵衛が厳しい口調で注意した。

津島道場でいつもより遅い刻限に朝稽古が始まった。


幹次郎は四つ（午前十時）の刻限に稽古を終えて道場を出ようとした。すると花村師範が見送りに来て、

「神守どの、そなた、あの者に狙われる心当たりがござるか」

「津島先生は道場に遺恨があってか、と申されましたが、どうやらそれがしを見に参ったかと判断致しました。心当たりはなくもございませぬ」

なんとのう、と花村師範が嘆息《たんそく》し、

「そなた、ようも平然として吉原会所の裏同心を果たしておられるな。あのよう

な遊興の地にそなたの剣が要るとは野暮侍《やぼざむらい》には考えもつかぬ」

「花村師範、話は単純でございます。金が動くところには、あれこれと手を伸ばしてくるお方や輩がございます」

「そなたの腕を頼りにするのは廓内だけではあるまい」

花村師範は自らを野暮侍と称したが、幹次郎の会所での役目を承知している様子があった。

「師範は、それがしがなにをしておるか承知ですか」

「野暮侍と言うたぞ。わしが知るのは偶さか耳にしたことだ。わしの弟がさる旗本家に婿入りしておる。名は出したくない。この旗本家の札差が十一屋嘉七。十一屋は亡くなった伊勢亀の後釜を狙っておるひとりとか。この十一屋の番頭が、弟にな、『腕の立つ剣術家を知りませんか、ご紹介いただければ、それなりの融通《ゆうずう》を考える』と言うたそうだ。弟の家も札差に首根っこを摑まれておる。とはいえ、妙な話と、断わったそうだ」

幹次郎はただ頷いた。

「そなた、先代の伊勢亀に可愛《かわい》がられたそうじゃな」

「先代の晩年にお付き合いさせてもらいました」

「伊勢亀の最期の場にいたという噂を耳にした」

幹次郎はもはや答えない。

「神守幹次郎が当代の伊勢亀の後見方、相談役という風聞《ふうぶん》も聞いた」

「花村師範、それがし、吉原会所の陰の役を務めるだけの浪人に過ぎません。天下の札差の後見方を務めるなどそれがしの力を超えておりまする」

「そう聞いておこうか」

と花村師範が道場に戻りかけた。

「花村師範、最前の赤井武右衛門どのが札差筆頭行司の選出に関わりがあると申されますか」

振り返った花村が、

「それを調べるのが神守幹次郎の務めではないか」

と言った。

花村師範は幹次郎のことをとくと承知の様子があった。

「譜代《ふだい》常陸土浦藩土屋《つちや》家江戸藩邸は寛延《かんえん》二年（一七四九）来、駿河台富士見坂《するがだいふじみざか》に接した小川町《おがわまち》にある。ただ今は稽古に見えられぬが、武術方風見寅之助《かざみとらのすけ》どのがおられる。わしの名を出してよい、会うてみぬか。さすれば赤井某が土屋家の家臣かどうか分かろう」

と言った。

幹次郎は、花村師範に頭を下げた。

半刻後、神守幹次郎は津島傳兵衛道場の名を出し、土浦藩江戸藩邸にて武術方風見寅之助様に面会したいと願った。さほど待たされぬうちにいささか太り気味の壮年の武士が姿を見せ、

「そなたか、津島傳兵衛道場の名を出し、それがしに面談したいと申されたのは」

「いかにもさようです。ただし、風見様のお力を借りよと申されたのは津島先生ではございませぬ。花村栄三郎師範です」

「おお、花村どのか、息災《そくさい》であろうな」

「はい。最前別れてきたばかりですが、毎日道場で指導を続けておられます」

「それがしは、稽古を怠《なま》けて見ての通り、無駄な肉をつけておる」

と両腕を広げて自嘲《じちょう》した風見が、

「そなたと津島道場で会ったことはないな」

「ございませぬ。それがし、神守幹次郎と申します」

「神守じゃと。昔の門弟仲間から聞いたことがある。そなた、吉原会所に関わりがないか」

「ございます」

「なかなかの腕と聞いた。その神守どのが何用か」

幹次郎は咄嗟に事情を正直に告げるべきと悟り、今朝方の道場の模様を告げた。

「なに、赤井武右衛門とな」

「ご家中《かちゅう》におられますか」

しばし間を置いたあと、

「おる」

と風見が答え、幹次郎の反応を見るように凝視した。

「おられますか」

予測が外れたかと思いながら幹次郎が呟き、一方風見はなにかを考えるように間を置いた。

互いに視線を交わらせ、風見が、

「じゃが、今朝方津島道場を訪ねることはできぬ」

と言った。

「亡父と異なり、赤井武右衛門は蒲柳《ほりゅう》の質《しつ》でな、ただ今は宿痾《しゅくあ》の病にかかり、国許《くにもと》の土浦城下に戻り、身内のもとで療養に努めておる。その赤井が江戸に出て参れるわけもない」

と言い切り、幹次郎に質した。

「今朝、津島道場を訪ねてきた赤井の名を騙《かた》る者の年齢、風采はいかに」

幹次郎は重田勝也らと対戦した赤井武右衛門を名乗った人物について記憶に留《とど》めるかぎりを告げた。

「吉原会所の凄腕《すごうで》と評判の神守どのの観察かな、特徴を的確に覚えておられる」

「風見どの、この人物に覚えがございますか」

「思い当たる人物がある。じゃが、わが土浦藩とは関わりがないぞ」

と答えた風見が、

「中座致す。しばらく待ってくれぬか」

と願い、玄関番の若侍を呼ぶと幹次郎を御用部屋のひとつに案内するように命じた。

幹次郎が御用部屋でさほど待つ間もなく風見はふたりの家臣を伴い、

「神守どの、江戸藩邸の目付方《めつけかた》清水《しみず》唯高《ただたか》、井口《いぐち》正兵衛《せいべえ》じゃ」

と同輩を紹介した。その上で、

「すまぬがこのふたりに、赤井武右衛門を名乗った人物の風采を今一度話してくれぬか」

と願った。

幹次郎は津島道場の道場主津島傳兵衛に連れられて道場入りした赤井の年齢、風采、剣術の技量、落ち着いた挙動などを告げた。

「ふうっ」

と息を吐いた目付方清水が、

「こたびはいささか変わった場所に登場しおったな」

と首を捻った。

「これまで赤井某と名乗る人物が土浦藩家臣を騙り、よからぬ所業を働きましたか」

「一年ほど前のことだ。当家御使番《おつかいばん》赤井武右衛門を名乗り、船宿などで散財を繰り返した者がおった。その挙げ句財布を忘れてきたなどと言い訳し、船宿の奉公人を伴い、浜町《はまちょう》の中《なか》屋敷を訪ねるというて両国広小路《りょうごくひろこうじ》の人込みに紛《まぎ》れ込んで付き馬を巻いたり、中屋敷の門前に待っておれと付き馬に命ずるといかにも家臣の体で堂々とした態度で門番と話し、上屋敷《かみやしき》の吟味役《ぎんみやく》などと申して門内に入り込んだりして、敷地内で姿を消しおったこともあった。かような所業を皮切りに、あれこれとわが藩の名を持ち出し、あちらこちらで遊興をなし、ときに金銭まで用立てさせておる騒ぎが七、八件繰り返されておる。被害に遭った大概《たいがい》の者はわれらの説明に得心して引き下がったが、当家にとって決して有難い所業ではない。ゆえに赤井武右衛門となんらかの関わりの者の仕業かと考え、国許に問い合わせたが、赤井家では全く身に覚えがないという。また赤井武右衛門自身は最前申したように一年半前から病の床に臥《ふ》せり、言葉もままならぬという。というわけで江戸へ出ていくなど考えられぬとの国許の目付方の報《しら》せであった」

「これまでご当家の名を騙った赤井某と今朝方赤井武右衛門を名乗った人物は、同一人物と考えてようございましょうな」

幹次郎が念押しした。

「この赤井某の所業はこのところやんでおった。それが津島道場にな。おぬしが申された年齢、風采はよう似ておる、いや、そっくりじゃ」

幹次郎はしばし沈思した末、

「ご当家のご家臣は別にして、この赤井武右衛門を名乗りそうな人物に心当たりはございませぬか」

「当家の名を汚《けが》す所業の繰り返しじゃ、われらも一年前よりあれこれと調べておるがこれといった人物に思い当たらぬ」

目付方井口が困惑と怒りの表情で吐き捨てた。

「それにしても津島道場に参った人物、茶屋などで飲み食いして逃げる輩とは到《とう》底《てい》思えませんでした」

幹次郎は首を捻った。

「皆がその堂々とした風采と言動に騙《だま》されて、ついこの者の言葉を信じたというのだ。津島道場では金品が盗まれたということはあるまいな」

「それはないかと存ずる」

幹次郎は、まさかと思いながら答えていた。

「神守どの、この者の剣術の技量はどうだな」

「なかなかのものと思われます。津島傳兵衛先生も亡き父上の剣友の子息ということで赤井武右衛門なる人物を道場に招き入れられましたが、小手調べに若い門弟数人と対戦させただけで、ご自分や師範が相手することなどはなされませんでした。この者がご当家の赤井武右衛門様の姓名を名乗り始めた経緯に思い当たる節はございませぬか」

「赤井一族は代々土屋家に仕える身にござってな、家風は実に温厚にして篤実《とくじつ》、ただ最前も申したが当代は蒲柳の質ゆえ、剣道はあまり得意ではなかった。江戸藩邸でも武術方ではのうて、書物方《しょもつ》と申す文官を務めておった。武右衛門どのの唯一の道楽は碁《ご》でござってな、元気な折りは独り碁盤に黙然《もくねん》と向かっておられた」

「碁ですか。そのお付き合いは江戸藩邸内に限られておられたのでしょうか」

目付方の清水と井口が顔を見合わせ、

「赤井どのが藩邸の外でときに通われたのは、この近くの、武家地に接した四軒《しけん》町《ちょう》の碁会所くらいだったかのう。われら、さほど囲碁に関心がないで、四軒町の碁会所に入ったことはない。ともかく客の大半が武家方じゃそうな」

と清水が答えた。

もはや土浦藩江戸藩邸から聞き出すことはないように幹次郎には思えた。辞去する頃合かと幹次郎が考えたとき、

「津島道場に何用あって赤井某が訪ねたとお考えかな、神守どの」

と風見が質した。

「正直申して判断がついておりませぬ。ゆえにこちらにお邪魔したようなわけにございます」

幹次郎は、津島道場よりも己を見に来たのではないかという考えに傾いていた。だが、そのことをこの場では漏らさなかった。

「当家にとって迷惑至極な輩でござってな。なんぞこの者のことが判明した折りは吉原会所のそなたに知らせよう」

と風見が最後に言った。

土浦藩でも手を焼いているのだ。

「承知致しました。吉原会所にてこの者の身許や所業がはっきりとした場合、即刻お知らせ申します」

「願おう」

土浦藩の目付方と吉原会所の神守幹次郎が協力し合うことが約定《やくじょう》された。

幹次郎は小川町駿河台の土浦藩邸から吉原に戻る途中、四軒町の碁会所に立ち寄ってみることにした。碁会所は八畳間が三つ連なった広さで二十数組の者たちが碁盤を挟んで対戦していた。大半が武士だった。

幹次郎はこれだけの人数が一堂に会しながら、静かな空気が漂っていることに驚きを禁じ得なかった。幹次郎のこれまでの暮らしに碁は、全く関わりがなかった。それだけに、静けさの中に張りつめた空気が支配する空間を言葉もなく見つめていた。

「初めてのお方かな」

と言葉がかかった。見ると、筒袴《つつばかま》を穿《は》いて髷《まげ》を頭の後ろで結んだ初老の人物が幹次郎を穏やかな眼差しで見ていた。

「それがし、碁を全く存じませぬ」

「だれしも最初はそうでございますよ。私が当碁会所の主、遊因坊碁達《ゆういんぼうごたつ》です」

幹次郎は遊因坊碁達を名乗った人物が武士の出ではないかと考えた。

「それがし、吉原会所の神守幹次郎と申す者でござる」

「ほう、吉原会所の裏同心どのとな、それは碁を習いに来たとは思えぬ。どうです、一服しようと思っていたところです。付き合ってくれませんか」

と幹次郎を碁会所と繋がる裏手の離れ家に誘った。

三

加門麻はうすずみ庵で落成の宴に招く客の顔を思い浮かべながら、吉原から柘榴の家に持ち出してきた数少ない荷を解き、茶の道具を久しぶりに眺めて手入れをしていた。

招客は三浦屋四郎左衛門、吉原会所の四郎兵衛、伊勢亀の当代半右衛門の三人、それに神守幹次郎、汀女を加えた五人だ。

正三郎と玉藻が懐石《かいせき》料理を拵《こしら》えてくれる。ふたりの申し出で客にはならず手伝いに徹するという。過日の祝言に麻が花嫁の引き立て役を務めたことへの返礼だろう、と、麻はその申し出を受けた。

麻は茶道具を一つひとつ箱や布包みから丁寧に出しながら、亡き伊勢亀の思い出に浸っていた。

数多の客の中で三浦屋四郎左衛門が新造の薄墨の水揚《みずあげ》の相手として選んだのは先代の伊勢亀だった。薄墨が武家の出であることを考え、四郎左衛門は人柄、見識、財力などを兼ね備えた七代目の伊勢亀を選んだのだ。

遊女として一人前になることを突き出《つだ》しともいう。つまり最初の客を取ることと、それに伴う行事を指していう。

並みの新造は突き出しに際し、着物、夜具など諸々《もろもろ》を新調する。

一方薄墨のような太夫を期待された遊女であるならば、盛大な披露目《ひろめ》を行う。そのためにかなりの費《つい》えがかかった。この突き出しや水揚の費えは妓楼が負担した。ということは後々当の遊女の借財として残るのだ。

突き出しの日、紋所をつけた金銀の扇や盃《さかずき》を配り、強飯《こわめし》を炊かせて吉原じゅうに配った。

また、遊女の突き出しは水揚という、

「儀式」

を経た。水揚とは、妓楼の気心の知れた客の中から吉原の粋も張りも心得た客に水揚、つまりは、

「破瓜《はか》」

を願うのだ。繰り返すが三浦屋四郎左衛門は、薄墨の水揚に伊勢亀を選んだ。

伊勢亀の先代は、薄墨の禿時代からを承知で、吉原の有望視された禿や新造の中でも特別な道を歩くだろうと察していた。

薄墨が武家の出をひけらかすことはなかったが、その矜持《きようじ》を忘れぬように、己を忘れないように努めていることを伊勢亀は承知していた。

水揚が終わったあと、伊勢亀は茶道具一式を薄墨に贈り、

「ときに独りになって茶を嗜《たしな》みなされ」

と命じた。

むろん水揚の済んだ薄墨は他の客を取らされる。だが、どんな場合も伊勢亀の忠言を忘れることなく、密かに独りだけの、

「茶」

を点てて加門麻としての矜持を守ってきた。

そんな薄墨を変えた出来事が起こった。

天明《てんめい》の火事に巻き込まれ、三浦屋の二階に取り残された薄墨は死を覚悟した。その折り、吉原会所の裏同心神守幹次郎が死を賭《と》して薄墨を猛火《もうか》の中から救い出したのだ。

このとき、薄墨は、人妻の手を引いて西国《さいごく》の大名家を脱藩し十年の流浪《るろう》のあと、吉原に夫婦して救われることになった神守幹次郎に強く思いを寄せるようになった。

これまでの歩みを振り返ると、運命の不思議を感じた。

十年にわたり妻仇討として追われながら生き抜いてきた神守夫婦の絆は強かった。だが、年上の女房の汀女は薄墨を真の妹のように思い、付き合ってくれた。吉原会所の陰の人、裏同心などと呼ばれる幹次郎と汀女の夫婦は、武家方の出の薄墨を心底から信頼してくれた。

伊勢亀の七代目すら幹次郎を認めて、座敷に呼んだこともあった。

薄墨の心の隙間に、

「神守幹次郎」

という人物が刻み込まれたのは、己を死の淵《ふち》から救い出してくれたゆえであろう。それが運命を決定的に方向づけた。

伊勢亀は、死を迎える折り、幹次郎を呼んで後事を託して冥途《めいど》に旅立っていった。

そんな歳月が加門麻の脳裏に走馬灯のように浮かんでは消えた。

麻は、薄墨太夫として吉原の頂《いただき》に上りつめ、そのただ中に伊勢亀の死を幹次郎から知らされた。

麻は変転する運命を支えてくれ、助けてくれた男《おのこ》が伊勢亀半右衛門であり、神守幹次郎であることを神仏に感謝していた。

伊勢亀が逝《ゆ》き、その伊勢亀の気持ちを神守夫婦が受け継いで加門麻を支えてくれている。

そんな経緯を知る人々をもてなす接待だ。

あの天明の火事の折りも伊勢亀半右衛門に頂戴した茶道具は、三浦屋の地下蔵にしまい込んであって無事であった。

懐石は正三郎と玉藻夫婦に任せ、濃茶点前《こいちゃてまえ》に専念しようと、茶入、茶碗、茶杓《しやく》、茶筅《せん》、柄杓《ひしやく》、水指《みずさし》、破《や》れ風炉《ぶろ》、釜などを一つひとつ確かめていった。

先代伊勢亀は、水揚をしたあともひと月に二度か三度、三浦屋に登楼し、そのうちの一度は、薄墨と心を許した者らだけで茶の湯を楽しんだ。

そんな折り、無言で茶道の心得を説き、道具のよし悪しを薄墨に伝え、薄墨に新しい道具類を残していった。

うすずみ庵が落成した今、亡き伊勢亀を偲び、うすずみ庵の完成を祝うには茶で接待するのがいちばんだと麻は考えたのだ。

「麻様、なにか手伝うことがありましょうか」

おあきが庭から声をかけてきた。

足元には庭が大好きな黒介がいた。

「いえ、こたびの祝いに私ができることは心を込めて茶を点て、供することです。そんなわけで道具を点検しておりました。私には十分過ぎるお道具、私の手が道具に見合っておりませんが、親しい方々ばかり、欠礼《けつれい》はお許しくだされましょう」

麻がおあきに答えた。

おあきが足元でじゃれる黒介を抱き上げ、

「伊勢亀の八代目を麻様はご存じですか」

と訊いた。

「私にとって、こたび、八代目半右衛門様とは初対面です」

「麻様、私、麻様がこちらにお見えになったときも驚きましたが、吉原のお偉い方や札差の旦那様が参られます。私、どうすれば宜しいのですか」

「おあきさん、台所は正三郎さんと玉藻さんがなされます。おあきさんは、おふたりをお手伝いなされ」

「それでよいので」

「この家の主は神守幹次郎、汀女夫婦です。皆様のお相手はおふたりがなされます」

「そうですね」

とおあきが安心したように言った。そして、

「麻様、よいお住まいができました、おめでとうございます」

「有難う」

麻はおあきと初めてやり取りらしいやり取りをなしたことに気づいた。おあきの立場に立ってみれば、麻は吉原で全盛を極めた太夫、直に言葉をかけるなどできなかったのであろう。それにうすずみ庵の普請が進行していて、ふたりで話す暇などなかった。

「おあきさん、柘榴の家での奉公はどうですか」

「私、こんなよいところに奉公しているなんて信じられません」

「よかったわ。私も同じ気持ちよ。この家の主、神守幹次郎様と汀女様に感謝しなければね」

「はい」

と明るい返事が庭に木魂《こだま》し、黒介が、みゃう、とおあきの腕の中で鳴いた。

碁会所には坪庭があって、離れ家があった。

それなりの家格の武家が遊びに来るとみえて、そのような上客のための離れ家だろう。四畳半の隅に幹次郎が見ても立派な碁盤と碁笥《け》が置かれてあった。

「神守どの、碁とは縁がございませんでしたかな」

「遊因坊様、それがし、駆け落ち者にござって仇《かたき》として狙われ、十年の間流浪の暮らしにございました。その前は、西国のさる藩の下士《かし》、碁に興ずる立場にもなくその余裕もございませんでした」

「正直なお方ですな。そなた様が吉原会所に身を寄せられて、吉原会所を実質的に差配《さはい》しておられると巷《ちまた》のもっぱらの噂にございます」

「滅相《めっそう》もございませぬ。吉原会所は七代目頭取四郎兵衛様の厳しい目が光っておるところです。それがし、四郎兵衛様の手駒《てごま》のひとつに過ぎません」

「そう聞いておきましょうか」

と笑って応じた遊因坊に幹次郎が質した。

「こちらに土浦藩家臣赤井武右衛門どのが稽古に通っておられたと聞きましたが真でござろうか」

「赤井どのは、ただ今国許にお戻りです」

「それがし、つい最前土浦藩江戸藩邸に伺いましたゆえ承知です」

と答えた幹次郎は遊因坊碁達に正直に話すべきだと思った。そこで今朝方、下谷山崎町の津島傳兵衛道場に現われた「赤井武右衛門」と名乗った人物の様子から土浦藩江戸藩邸を訪ねて聞き知ったことまでを話した。

遊因坊は黙って幹次郎の話を聞いていたが、

「妙な話にございますな。まず津島道場に姿を見せた赤井某は、われらが知る赤井武右衛門どのではない。赤井どのは木刀や竹刀を振り回すより、烏鷺《うろ》の争いが好みに合《お》うておられた。まして、ただ今は重篤な病にて療養の身、津島道場に現われた者は騙りです」

と言い切った。

「そこでお尋ね申す。この騙り者がなぜ赤井武右衛門どのの名を使っておるか」

「ひょっとしたら、わが碁会所で知り合うたことはなかろうかと神守どのは考えられた」

「いかにもさようです」

遊因坊はしばし沈思して、考えを整理した。

「赤井どのが最後にうちに見えたのは、明日には土浦に戻るというその前日、一年半前のことでござった。その折り、表に駕籠を待たせ、小者を供《とも》にしておられた」

「赤井どのはどなたかと碁を打たれましたか」

「その折り、赤井どのの相手は浪人開源総一郎《かいげんそういちろう》という人物にござった。わが碁会所には浪人者はまず姿を見せませぬ。開源総一郎は、遊び代にも事欠く浪人でしてな、初めてその者に声をかけたのが赤井武右衛門どのでした。以来、赤井どのしか開源総一郎の相手はしておりませぬ」

「力が拮抗《きっこう》していたからでしょうか」

「碁力は赤井どのが何枚も上でした。ですが、赤井どのはすでに病んでおられたか、体力がなかった。まあ、三番打って、赤井どのが二番勝ち、最後はお負けになった、いつもそんな感じです。それに打つ開源総一郎の遊び代も赤井どのがお支払いになり、ときにそっと他人に分からぬように小遣いを渡しておられた。そなた様が申される赤井武右衛門を名乗った人物は、お聞きした年齢、風貌からして開源総一郎に間違いなかろうと思う」

と言った遊因坊碁達が、

「あの尾羽《おは》打ち枯らした開源総一郎が一見大名家に奉公している体で津島道場に姿を見せましたか」

と言い添え、首を傾げた。

「赤井どのと別れて以来、この者、ただ食い、ただ呑みを繰り返し、その折りも土浦藩の赤井武右衛門を名乗って店の者を信用させていたようでござる。ところが今朝方の開源総一郎は、身形《みなり》からして金子には困っておらぬ体に見えました」

「下谷山崎町香取神道流の津島傳兵衛道場は、江戸でも有数の剣道場でござろう。さようなところに開源総一郎はなにをしに参ったか」

遊因坊碁達が言った。

「遊因坊様、開源なる者がどこに住まいしておるかご存じございますまいな」

「赤井どのと碁を打しておるときのあの者は、せいぜい川向こうの裏長屋住まいであったのではござるまいか」

と応じた遊因坊が、

「ちょっとお待ちなされ。ただ今お見えの客人に訊いてみよう。ひょっとしたら、どこぞで見かけられた方がおるかもしれませんでな」

と気軽に立ち上がり、離れ家から出ていった。

しばし待たされた幹次郎のもとに遊因坊が戻ってきて、

「人というもの、分からぬものでござるな。わが碁会所に通う客人の中で、三人ほど路上で無心《むしん》を受けた者があり、おひとりなど、開源総一郎め、刀の柄に手を掛けて金子を乞われたそうな。ところがな、備中《びっちゅう》のさる大名家の家臣の方が八朔のころに御厩河岸《おんまやがし》ノ渡し船であやつといっしょになったそうな。悪い噂を聞いていたで、船中で無心をされるのではと思うておったところ、御厩河岸ノ渡し場に下りたところにあやつが待っておって、こう抜かしおったそうな。『それがし、ようよう運が向いて参った。碁仲間にはご不快をおかけ申したが、もはや無心など致さぬ、ご安心めされ』、それがついひと月前のことじゃそうな」

「ほう。で、そのお方に運が向いた曰くなどは話さなかったでしょうな」

「このご時世、仕官などあるはずもない。どうやら、金貸しの用心棒の口でも転がり込んできたか、と推察したそうな」

「遊因坊様、助かりました」

「神守どの、ときに息抜きに碁会所においでなされ。私が初手《しょて》から指導致しますでな」

「はい、その折りは宜しくお願い申します」

と幹次郎は遊因坊に頭を下げた。

幹次郎が吉原会所の腰高障子を引き開けたのは夜見世が始まる直前だった。

「神守様、どうしなさった。七代目が案じておられましたぜ」

土間にいた金次《きんじ》が言った。

「金次、七代目に、廓内でひとつだけ事を済ませてからお目にかかると申し上げてくれぬか」

と言い残した幹次郎は仲之町を進み、揚屋町から蜘蛛道に入り込んだ。

訪ねた先は豆腐の山屋だった。すると、そこにいた地味な縞《しま》模様の木綿《もめん》物を着た娘が、

「いらっしゃい」

と声をかけてきて、幹次郎と分かると直ぐに表情を変えた。

「桜季とは思わなかった。なかなかよう似合《にお》うておるではないか」

「で、ございましょう」

と奥からおなつが姿を見せて、

「嫁に行った娘の袷があったのでさ、着替えさせたんだよ。豆腐屋で絹《きぬ》物もない

やね」

と言い添えた。

「衣服で人柄も変わるか、明るい顔つきをしておるではないか」

碁会所のあと、柘榴の家に立ち寄った幹次郎に加門麻が渡してくれた文を懐から出した。

桜季は手を伸ばそうかどうか迷っていた。

「おまえさん、礼を申して受け取らないかえ」

事情が分かっているのかどうか知らないが、おなつが桜季に命じた。

「有難う」

と小声で言った桜季が麻からの二通目の文を受け取った。

「すまぬがこの娘のこと、宜しゅう頼む」

と願って蜘蛛道を揚屋町に戻ろうとした。

「神守の旦那、ちょっと待ってくんな。お侍に豆腐なんぞを持たせて悪いが、こいつを会所に届けてくんな。引手茶屋の山口巴屋《やまぐちともえや》で朝餉《あさげ》を始めたと聞いたからね」

と文六が箱に入ったままの大型の豆腐を縄で括《くく》り、差し出した。

江戸の豆腐は上方《かみがた》に比べて大判である。縦一尺八寸（約五十五センチ）、横九寸（約二十七センチ）の箱で作るからだ。これを十丁または十一丁に切り分けて売った。幹次郎に渡されたのは十丁分の豆腐だ。

「よいのか、売り物じゃが」

「会所にはあれこれと世話になっていらあな」

と文六が言った。

「頂戴していこう。正三郎さんと玉藻様が喜ぼう」

幹次郎は縄で括られた箱に入った大判の豆腐をぶら提《さ》げて揚屋町に出た。

引手茶屋山口巴屋の裏口から幹次郎が姿を見せると、玉藻が、

「神守様が裏口から姿を見せるとどきりとするわ」

と驚きの声を上げた。

幹次郎が、提げていた豆腐を玉藻に見せた。

「豆腐なんて提げてどうしたの」

「山屋の文六親方に頂戴したのだ。山口巴屋が朝餉を始めたと聞いたから、そこに供してくれとな」

「文六親方もなかなかね、天下の神守幹次郎様に豆腐を持たせたよ」

「玉藻、なんとも嬉《うれ》しい頂戴ものですよ」

と奥から亭主にして料理人の正三郎が姿を見せて、

「いささか神守様には気の毒でしたかね」

と言った。

「それがし、蜘蛛道を辿《たど》ってきただけだ。格別だれにも見られておらぬ。正三郎さん、受け取ってくれぬか」

と渡した。

「お父つぁんがお待ちかねよ。こちらから御用部屋に行って。履物《はきもの》は会所に回しておくから」

と玉藻に言われた幹次郎は刀を外して手に提げ、引手茶屋の台所から廊下の奥にある吉原会所への隠し戸に向かった。

四

四郎兵衛は書状を認めていた。

「七代目、本日出所が遅くなりまして申し訳ございません」

と詫びの言葉を口にして座した。

「なんぞございましたかな」

幹次郎は、津島傳兵衛道場に「赤井武右衛門」なる土浦藩家臣が訪ねてきた経緯から、その者の道場での行動を報告した。

「津島道場になんの企みがあって訪ねてきたのでございましょうかな」

四郎兵衛が問うた。

津島道場は江戸でも名の通った剣道場だ。入門の体を装った腕試しかと四郎兵衛は考えたようだ。

「当初は傳兵衛先生の亡き父上の名を出して、その者の父が剣友であったと説き、自分も津島道場に入門したいような言辞を弄していたとか、そこで先生も信用されたようです。ですが、若い門弟たちと手合わせをなして、一方的に打ち勝つとさっさと道場を立ち去りました。先生はその者の言動に訝しさを感じられたらしく、対等に立ち合える門弟を指名することなく、退去することを黙認されました」

「ということはなにか狙いがあってのことですかな」

「と、思われますので、それがし土浦藩江戸藩邸を訪ね、赤井武右衛門どのの近況をお尋ね致しましたところ、なんと重い病で国許の土浦にて療養中とのことでございました」

「なに、その者、土浦藩士である赤井様に扮した者でしたか」

四郎兵衛はそう言うと幹次郎を見た。

「赤井武右衛門どのはただ今の体の具合を考えますと、到底江戸に出てくることなど叶わないとのことでした。そこで江戸藩邸時代、真の赤井様が健在の折りに通われていたとの話を訊き込み、碁会所を訪ねてみました。遊因坊碁達と申される先生に経緯を告げましたところ、『赤井武右衛門』を名乗る人物は、碁仲間の開源総一郎ではないかと判断するに至りました」

「ほうほう」

「また、碁会所のお仲間がついひと月ほど前に御厩河岸ノ渡し船でこの者と乗り合わせたそうな。その折り、こやつめ、近ごろ運が向いてきたというような言葉を漏らしたとか」

「御厩河岸ノ渡し場ですか」

「四郎兵衛様、渡し場は札差が集まる御蔵前通りに近《ちこ》うございますな。となると開源総一郎が赤井武右衛門を騙り、津島道場に姿を見せたのは、それがしのことを知りたくてではないかという考えに至りました」

幹次郎は道々整理してきた考えを四郎兵衛に質すように言った。

「つまり札差筆頭行司選びに関して、筆頭行司になりたい輩のひとりが開源総一郎という者を手許に置いており、この者に神守様が伊勢亀とは近しい間柄ゆえ気にかけていよと命じたということですかな」

「違いましょうか」

四郎兵衛はしばし黙考し、

「いや、その推察は当たっている気がしますな。ただ今、吉原には神守様の手を借りるような出来事は起こっておりません。となると伊勢亀の動きを気に病む一派がなんぞよからぬことを考えておるという神守様のお考えは当たっていましょう」

四郎兵衛は幹次郎の話を聞いてそう判断した。その上で言い足した。

「私が耳にしただけでも、御蔵前界隈《かいわい》ではそれなりの金子が飛び交い、あれこれと妙な噂話が流れているということです。伊勢亀の先代の後釜を狙う者たちは、自分の客、つまりは蔵米を何年も先まで押さえられている武家方の旗本衆にまで力を貸してくれるように頼んでおるとか、もはや泥仕合というてよかろうと思います」

四郎兵衛の見解に幹次郎は頷いた。

「神守様、さすがは伊勢亀の先代ですな、自分の死後の騒ぎを見通されておられましたな。伊勢亀の当代に働きかける連中は、あわよくば当代の足を掬《すく》って自らがと考えている連中でございますよ。

ここは神守様、若い当代の力になって、当座札差筆頭行司の地位に就くような真似はするなという先代の遺言を全《まっと》うなさるように努めるのが神守様の御用ですな」

と四郎兵衛が言い切った。

「四郎兵衛様、言わずもがなのことですが、それがし、吉原会所の陰御用を務める身、伊勢亀半右衛門様の助勢をなしてよいものでしょうか」

「吉原にとって札差の旦那衆はだれしも大事なお客様です、ゆえに敵に回すようなことは避けたいと思うております。

されどこたびの一件、当代の半右衛門様が亡き親父様の跡目を継ぐと言うておられて騒ぎになっておるのではございません。反対に親父様の喪に服し、静かに過ごしていたいという話です。神守様がさような半右衛門様の話し相手になることは心強いことと思います。吉原が先代にどれだけ世話になったか、その先代の死を看取るほどに信頼された神守様が八代目の後見方を務められることは、吉原にとって大事な役目です」

「つまり八代目半右衛門様を騒ぎから遠ざけておくのは吉原にとって、よきことですか」

「泥仕合に当代の半右衛門様を加わらせてはなりません。決して伊勢亀にとっても、はたまた大半の札差の旦那衆にとっても、そしてこの吉原にとってもよきことではございませんでな」

と四郎兵衛が言い切った。

相分かりました、と己の務めを理解した幹次郎は、

「四郎兵衛様、加門麻の離れ家の落成祝いに伊勢亀の当代もお見えになります。どうか当代の話をその場で聞いてやってくださりませ」

「話を聞くのはいと容易いことですが、先代が頼りにされたのは神守様、そなた様ですからな」

「それがしができることは務めさせていただきます」

幹次郎の言葉に四郎兵衛が頷いた。

「話は変わりますが、神守様、豆腐の山屋に、夜見世の間だけ桜季の身を預けておるとか、小耳に挟みました」

四郎兵衛が話柄を変えた。

幹次郎は四郎兵衛にこの一件を話していないことに気づかされた。

「四郎兵衛様、いささか軽々に局見世の初音に桜季の身を預けたのはよいのですが、初音が客を取ったときの桜季の居場所を考えておりませんでした」

なにしろ局見世は間口四尺五寸に奥行き二間（約三・六メートル）ほどの狭い空間だ。初音が客と応対する折り、桜季の居場所はどこにもなかった。

「噂を聞きつけた素見の連中が、ふだんは入らない蜘蛛道にまで出没するようですな、大きな騒ぎが起こってもなりませんぞ」

「はい。そのようなことを考えた上で文六親方とおなつさんに無理を願いました」

「山屋のおなつさんは事を心得た女衆、初音とふたりで桜季の手前勝手な考えを変えてくれるとすれば、神守様の大胆な企てもうまくいくかもしれませぬ。ともかくこの一件、途中で手を引くことだけは神守様、できませんぞ」

という四郎兵衛の言葉には、容易く事は進むまいがやり遂《と》げるしか途はないとの懸念が込められてあった。

「肝に銘じます」

と答えた幹次郎は、見廻りに出ますと言い残し、四郎兵衛の座敷を去った。

会所の土間に幹次郎の履物が回してあり、嶋村澄乃と小頭の長吉がいた。

「澄乃、見廻りに付き合ってくれぬか」

と澄乃に声をかけ、津田助直を腰に差し落とした。

「はい」

と短く返事をした澄乃の手に丸めた麻縄があった。今や澄乃の得意の得物はこの麻縄だった。使い方次第で自在に長さが調節でき、水に濡らせば麻縄はなかなかの得物になった。だが、このコツを会得《えとく》するには時を要した。

澄乃は密かに稽古を積んでいるらしく、その得物を手放そうとはしなかった。

澄乃が先に会所を出た。

「小頭、番方らは見廻りじゃな」

幹次郎は敷居を跨《また》ぐ前に長吉に尋ねた。

「へえ」

「四郎兵衛様は吉原に大きな騒ぎはないと申されておったが、なにか気掛かりはあるか」

「たしかに大きな騒ぎはございませんな。番方が追っておるのは、張見世《はりみせ》を覗き込む客の油断を見透かして懐中物《かいちゅうもの》やら煙草《たばこ》入れを器用に盗んでいく掏摸《すり》の三人組だ。ひとりが張見世の中の遊女にたわいもない話をして笑わせて気を引いている間に客の持ち物が盗まれた出来事がこのところ立て続けに三件起こってやがる。まあ、引手茶屋に上がるような客じゃねえからね、懐には大した金子は入ってねえ。だが、盗みは盗みだ」

「それは知らなかった」

「神守様は、ここんところ並みの忙しさじゃなかったからね、こんなしけた野郎はおれたちがひっ捕えなくちゃと番方が張り切っているんだ」

「いや、われらも三人組の掏摸を捕まえる助勢をしよう」

と言った幹次郎が、

「ああ、そうだ。桜季が西河岸にいることもあってか、蜘蛛道に客が勝手気ままに出入りしているように見受けられる。それがしがこの吉原会所に世話になり立てのころは、蜘蛛道の入り口に引手茶屋や妓楼の老婆が座って、客に『ここから先は住人だけしか入れません』と注意していたようだが、このところ婆様たちを見かけぬな」

「先年の大火事で吉原が燃え、仮宅《かりたく》から戻った辺りから蜘蛛道の出入りが容易くなりましたな、いや、こいつは元に戻したほうがようございますよ。番方と相談して七代目に申し上げます」

と長吉が幹次郎の注意を聞いてくれた。

「願おう」

と幹次郎は長吉に言い残し、すでに会所の外に出ていた澄乃に、

「待たせたな」

と声をかけると、その傍らに老犬の遠助が控えていた。

「桜季が豆腐屋で働いておるで、遠助は桜季に会っておらぬか」

「いえ、山屋に行く前に桜季さんと遠助は、天女池で短い間ですがいっしょに戯《たわむ》れて、そのあとで桜季さんは山屋に行かれます。なにしろ山屋は人が口にする豆腐の商いですからね、生き物は禁物なんです。そのことを遠助も分かっています」

「そうか、遠助がそれほど賢《かしこ》いとは思わなかった」

「桜季さんは、人より遠助を信じておるように見受けられます。遠助もそのこと

を承知しているのです」

「山屋で最前桜季に会ったが、西河岸におるときよりも明るい感じがしたがな」

「それはもう。桜季さんと遠助だけのいるところを遠目に見ましたが、お互いに心を許し合っておりますよ」

と澄乃が言った。

「人が犬と信じ合うより、人が人と信じ合うのが難しいか」

澄乃が頷いたとき、京町《きようまち》二丁目の奥から、

「掏摸だ、懐中物をやられた」

という声がして騒ぎが起こった。

幹次郎と澄乃は仲之町の人込みを縫って咄嗟に走り出した。

京町二丁目は老舗の大籬や半籬《はんまがき》（中見世《ちゆうみせ》）が華やかに軒を連ねていた。

ふたりが京町二丁目に飛び込んでいったとき、掏摸は羅生門河岸へと逃げ込んでおり、そのあとを番方らが追いかけていった。

大籬松葉屋《まつばや》の前に来たとき、張見世の中からお職《しよく》の八潮《やしお》ら売れっ子の遊女たちが格子《こうし》の外の騒ぎを茫然《ぼうぜん》と見ていた。

「お客人、怪我はございませんでしたか」

と幹次郎が声をかけた。

「怪我はねえが、おれと仲間が懐中物を引ったくられたぜ」

と職人風の男が言った。

澄乃は幹次郎と別れ、松葉屋の人垣を離れた場所から観察していた。

「それは気の毒な、掏摸《す》はひとりであったかな」

「それは見てねえよ。だっておれが女に吸い付《つ》け煙草をもらってよ、ひと口吸ったと思いねえ、後ろからよ、『いいな、羨《うらや》ましいぜ』という男の声がしてよ、ぐいぐい格子に押しつけられてよ、揉み合っているうちになんだか懐に手が突っ込まれた気配がして、そのときだな、掏摸にやられた、と思ったのはよ」

「だれかな、この客人に吸い付け煙草を渡したのは」

「わちきでありんす」

と格子の内側で茫然自失している遊女が応じた。

「たしかそなたは春日野《かすがの》であったな」

「いかにもさようでありんす、神守様」

と幹次郎を承知か言った。

「このお方を後ろから押していたのはふたりの男衆でありんした。もうひとり、仲間がいたかどうかは分かりません」

と春日野が答えた。

「お客人、気の毒だが会所に行って話を聞こうか」

と幹次郎が言ったとき、番方の仙右衛門や金次らがふたりの男を引っ張って羅生門河岸と京町二丁目の木戸を潜って出てきた。

「番方、捕まえたか」

「もうひとり仲間がいるはずだが、逃げたのはこのふたりだ。明石稲荷《あかしいなり》の前でとっ捕まえたぜ。だがよ、騒ぎに巻き込まれるのが嫌さに逃げ出したと抜かしてやがる」

と仙右衛門が幹次郎に言った。

「おお、おれが掏摸だという証《あか》しはあるのか。懐でもなんでも探りやがれ」

と男のひとりが啖呵《たんか》を切った。

「客人、この者かな、そなたを格子に押しつけたのは」

幹次郎の問いに懐中物を掏《す》られたという職人風の男が、

「最前も言ったがおりゃ後ろから押しつけられて顔なんぞ見てないんだ」

と困惑の表情を見せた。そのとき、

「わちきがたしかに見ましたえ、このふたりでありんす」

と春日野が言った。

「女郎、てめえ、客のおれに掏摸の汚名《おめい》を着せようというのか。よし、ここで素っ裸になってやらあ。野郎、手を放せ。こやつの懐中物があったらお慰《なぐさ》みだ。さあ、とくと見やがれ」

と叫んだふたりが帯を解き、褌《ふんどし》に晒《さら》しを巻いただけの姿になった。

「おい、吉原会所、てめえら、張見世の中を覗こうとしただけの客に汚名を着せやがったな」

と叫んだ男が張見世の中の春日野に、

「女郎、てめえはたしかにおれたちが客の懐中物を掏った瞬間を見たんだな」

と険《けわ》しい顔で睨んだ。

「わちきはただ、この客人を後ろから押したと言うただけでありんす」

「やかましいや。この落とし前、どうつける」

男ふたりが京町二丁目の賑わいの真ん中で胡坐《あぐら》を掻こうとした。

「おい、おめえら、自分の財布も持たずに大門を潜ったか」

仙右衛門が言い放った。

「なんだと、大門を一文なしで潜って悪いという触れでもあるのか」

と居直ったそのとき、びしりという音とともに羅生門河岸の木戸の中で悲鳴が上がって、

「ほれほれ、おまえの仲間がお待ちですよ」

と澄乃が麻縄を手にもうひとりの男を引き立ててきた。男の傍らには遠助が歯をむき出して従っていた。

「澄乃、なにがあったな」

「神守様、番方、この者が羅生門河岸のどぶ板の下に財布をいくつも投げ落とそうとしていたのですよ」

平静な声音《こわね》で澄乃が言い放ち、五、六個の財布をふたりの前に投げた。

「ああ、おれの財布だ、四の字、おめえの懐中物もあるぜ」

と掏摸に遭ったと訴えていた男が叫び、

「兄い、すまねえ、ドジを踏んだ。女だと思って甘くみたらこの様だ」

と澄乃が伴った男が思わず褌一丁の仲間ふたりを見て詫びた。

「おりゃ、あんな男は知らねえ。仲間なんかじゃねえ」

とひとりが慌てて言い、脱ぎ捨てた袷を着込もうとした。

「おい、兄さん方、今更着たところで大して変わりばえはするめえ。その形でよ、吉原会所に道中といこうか」

と金次が言い、

「客人、面倒だが、しばらく吉原会所に付き合ってくんな」

と番方が財布を抜かれたふたりの職人風の男に願った。

「春日野、よう見ていたな」

と幹次郎が春日野に言い、お職の八潮に会釈をして、

「騒がせ申した」

と言い残し、会所に向かった。

第三章　秋雨《あきさめ》つづく

一

神守幹次郎は、掏摸らに同行して吉原会所には向かわず、澄乃に言葉を残して独り蜘蛛道に潜り込んだ。

刻限は四つよりもだいぶ早かったが、山屋に向かった。

桜季を局見世に送っていこうと思ったのだ。ふと後ろに気配を感じて振り向くと、遠助が幹次郎に従ってくるのが暗がりでも分かった。どうやら遠助は幹次郎がどこへ行くか承知している様子だった。

「遠助、そなたも気になるか」

と声をかけると、老犬はとぼとぼと幹次郎に従ってきた。

天女池に出たとき、雨が降り出した。
久しぶりの雨だった。
このところ雨が降らず江戸も廓内もぱさぱさに乾《かわ》いていた。
「恵みの雨じゃな」
幹次郎は遠助に言い、池を回ってお六地蔵のもとへやってきた。
こんな刻限だ。
天女池にはだれの姿も見えなかった。
小雨は降り続いていたが、幹次郎と遠助はしばしお六地蔵の前で足を止め、合掌した。
その間に雨が強くなった。
幹次郎は遠助といっしょに山屋のある蜘蛛道に逃げ込んだ。
どうやら本降りに変わりそうな降り方だった。
山屋は灯りが点《とも》されていたが、明日の仕込みはすでに終わった気配があった。
店に人の姿はなく、
「おや、桜季は早く戻ったか」
と呟きながら店の前に立つと、店奥の板の間で山屋夫婦と奉公人の男衆勝造《かつぞう》、それに桜季が遅い夕餉を摂っていた。真の一家の見せる和《なご》やかな風景に思えた。

桜季の顔に笑みさえ漂っていた。

幹次郎に気づいた桜季の箸が止まった。

おなつも幹次郎を見て、

「神守様かえ、今日は忙しくてね、桜季さんもよう働いた。夕餉くらい馳走《ちそう》しないとね、申し訳ないと思ってさ、私が許したんだよ。やっぱり夕餉を私たちといっしょに食してはいけないかい」

と許しを乞うように尋ねた。

幹次郎が山屋に夜見世の間、桜季の身を預けたとき、働き賃は要らず食事もなしでと願っていた。だが、いっしょに過ごしてみると情が移ったのだろう。

「おなつさん、ただ今の桜季の主はそなたらだ。そなたらが判断したのだ、それもよかろう。じゃがあまり甘やかしてはくれるな」

と幹次郎が釘を刺すと、桜季がほっとした表情を見せた。

「初音さんにはさ、混ぜごはんと菜《おかず》をおまえさんに持って帰ってもらうからね」

おなつが桜季に言った。

話している間に雨は本降りになった。

「神守様、よかったら店に入りなよ、茶を淹《い》れるからさ」

と言ったおなつが桜季に茶を淹れるように命じた。

桜季は、まるで昔からの奉公人のようにさっと立ち上がって、奥の台所に向かった。桜季はすっかり山屋に慣れた様子だった。

「おなつさん、気にするでない。同行者がいるのだ」

「えっ」

と言って立ち上がったおなつが、

「なに、遠助もいっしょかえ。店は片づいて豆腐はないよ、土間に遠助といっしょに入りな」

とおなつが許した。

幹次郎は遠助ときれいに片づけられた山屋の仕事場に入り、手拭いで雨に濡れた肩を拭い、遠助の顔も拭った。

「久しぶりの雨じゃな」

幹次郎は、刀を抜くと店奥の上がり框《がまち》に腰を下ろした。

「神守の旦那、この雨は二、三日降り続くぜ。秋雨《あきさめ》は梅雨《つゆ》同然、廓にとっても豆腐屋にとってもしんどいや。客が来ないからね、商いに差し支えるんだ」

と文六が言い、桜季が盆に茶碗を載せて運んできた。

「馳走になろう」

と言った幹次郎は、

「澄乃が忙しくてな。それがしが代わりに送っていく」

と桜季に言った。すると桜季がなんとも複雑な顔をして黙って頷き、上がり框にしゃがみ、遠助の頭を撫《な》でた。すると遠助が甘えるように桜季に体を寄せた。

幹次郎は茶を喫した。

「桜季さん、早くごはんを食べな。神守様をそう待たしちゃいけないだろう」

おなつが言うと、桜季が自分の膳の前に行き、食べていた途中の夕餉に箸をつけた。

蜘蛛道にも雨が降り込んでいた。

食事を終えた桜季は山屋夫婦の娘がむかし着ていたという縞木綿の袷を着て頭に手拭いをふきながしのように被り、片方の端を口に咥《くわ》えた。胸の前には初音のための夕餉を大事そうに抱えていた。おなつが用意してくれたものだ。

山屋では幹次郎に番傘《ばんがさ》を貸そうかと言ったが、蜘蛛道では番傘を広げようもない。それに山屋から西河岸はそう遠くはなかった。そこで破れ笠《やがさ》を借り受けて顔に当たる雨を避けることにした。

蜘蛛道の狭い空から降り込む雨を避けながら、西河岸の中ほどに出た。

桜季の足が止まった。

「どうしたな」

西河岸の局見世の一軒に人影があった。

「おい、この切見世に若い新造がいるんだろ、面《つら》を見たいだけだ。出しな」

「切見世はおまえさん方が見ているだけの狭さだ。どこに隠すというんだえ」

声は初音だった。

「桜季、それがしと代われ。ここの軒下にいたほうが雨に濡れまい」

狭い蜘蛛道の出口で前後を入れ替わると、

「遠助、桜季の傍《そば》を離れるな。事が終わったら初音姐さんの見世に来いよ」

と命じた。

遠助は低い声で、うぉんとひと声吠えて応えた。

幹次郎は蜘蛛道から西河岸に入った。

雨が切見世の板屋根をびしゃびしゃと叩いて、どぶ板に流れ落ちていた。雨の流れが西河岸の異臭を消し、幹次郎がどぶ板を踏む音も紛れさせていた。

「やらずの雨だ。ならばついでに桜季って名の新造の帰りを待とうか」

三人の男たちが初音の切見世に押し入ろうとした。

初音がなにか叫び、幹次郎が声をかけた。

「そなたら、何者か」

まだどぶ板の上にいた男ふたりが振り返り、番傘を差し、着流しの懐にもう一方の手を突っ込んだ男が切見世から漏れてくる薄い灯りで幹次郎を見た。

幹次郎は着流しに一本差し、破れ笠の形だ。

「わっしら、この切見世の馴染でね、他を当たりな」

番傘を差した男が言った。

どうやら、幹次郎を客と見誤ったらしい。

「生憎《あいにく》とこの見世に用があってな」

幹次郎の声を聞き分けた初音が、

「会所の旦那、いいところにおいでだよ。分からず屋の野暮天《やぼてん》が三四、西河岸にご入来《にゆうらい》だ」

初音は煙管《キセル》を手に緊張していたが、安堵した体で幹次郎を見た。

「会所の旦那だと、裏同心か」

土間に入り込んでいたひとりが顔を覗かせ、幹次郎を見た。

「裏同心と呼ばれることもある。神守幹次郎だ」

と応じた幹次郎が、

「そなたら、ただの客ではないな。深川《ふかがわ》辺りの女郎屋の者か」

「それならばどうするな」

と居直った。

「そなたらも承知であろう。吉原は御免色里《ごめんいろざと》、公儀のお許しのある色里だ。なにを考えてのことか知らぬが、このまま大門から出ていかぬか。ならば今晩の所業、目をつぶる」

「抜かしやがれ」

と喚《わめ》いたのは、番傘の男だ。

いきなり番傘を幹次郎に叩きつけようとした。だが、雨が降る中、狭い西河岸のどぶ板の上だ、足場が悪かった。ために傘の動きが緩慢《かんまん》になった。

幹次郎はその動きを見定めると、腰をすいと落とし、津田近江守助直、刃渡二尺三寸七分（約七十二センチ）を抜き打った。

眼志流《がんしりゅう》の横霞《よこがすみ》の居合技《いあい》だ。

柄《え》がふたつに切り割られ、傘が後ろに飛んで転がった。

「野郎、やりやがったな」

懐から匕首を抜くと、残りのうちひとりが雨に濡れたどぶ板を突っ込んでこようとした。

すでに幹次郎の助直の切っ先が突っ込んできた匕首の男の喉元にあった。

「一寸でも踏み込んでみよ、そのほうの命はない」

不意に動きを止めた男の足が滑《すべ》り、尻餅をついた。その勢いにどぶ板が割れ、どぶ水の中に尻が落ちた。

「兄貴分はそのほうか」

幹次郎の助直の切っ先が切見世の土間に入り込んでいた男に向けられた。

幹次郎の出方を窺《うかが》うつもりかなにも答えない。

「さあてな、もはや会所に連れ込むしかあるまい」

「ま、待ってくれ」

「掛け合いならば、もう遅い」

「いや、そうじゃねえ。おれたち、品川宿《しながわしゅく》の者だ。三浦屋の新造が切見世に鞍替えさせられたと聞いた楼の主に、様子を見てこいと言われて様子を見に来たただけだ。もう十分に見た」

「なにを十分に見たな。この切見世の遊女初音を請《う》け出してくれるか。ならば相談に乗ってもよい」

「じょ、冗談はよしてくれないか。いくら品川宿でもこれほど苔むした女郎を請け出せるかよ」

と思わず兄貴分が口を滑らせた。

初音が意外と素早い動きで立ち上がると手にしていた煙管で兄貴分の額《ひたい》を殴りつけた。

「な、なにをしやがる」

「馬鹿野郎、この初音はな、ただ吉原の西河岸に巣《す》くっているんじゃないよ。五丁町で年季を積んできたお女郎様だ。だれが品川くんだりに落ちると言うたよ」

と煙管を構えて怒鳴った。

「ち、ちくしょう」

後ろには初音の煙管が、前には幹次郎の助直の切っ先があった。

身動きのつかない兄貴分が、

「今晩は引き揚げだ」

と土間の敷居をゆっくりと跨ごうとした。どぶ水に尻を浸けた仲間が、

「兄い、手を引っ張ってくんな」

と願った。

「てめえがドジを踏むからこんな目に遭うんだ。ひとりではい出しやがれ」

罵《のの》り声を上げた兄貴分の喉元に助直が気配もなく突き出された。

「わあああっ」

「そなたに妙なことを頼んだ品川宿の楼主はだれだな」

「そいつを口にすると品川で生きてはいけねえよ」

兄貴分が哀願《あいがん》口調で言った。

「その者から手付け金を受け取ったな」

「しみったれた手間賃だ」

「いくらだ、正直に申せ。それがしの津田近江守助直は、事の真偽をよう見分けおる。そなたが虚言を弄すれば喉を突き破る」

「そんな馬鹿なことができるか」

「できるのだ、品川の衆。御免色里吉原の遊女を足抜させようとした者を始末したところで、お上《かみ》から文句はつかぬでな」

「じょ、冗談じゃねえぜ、おれたち、足抜なんて途方もないことを考えてねえ」

と狼狽《ろうばい》して言った兄貴分の声音が真剣だった。もしかしたらと、一賭《いつと》の考えがあったのか。

「いくらもらった」

「おれが八つ山《やつやま》の弥兵衛《やへえ》旦那から頂戴したのは一両二分ぽっちだ」

「わずか一両二分で足抜を企てようとしたか」

「足抜なんて考えてもねえって。ただ様子を見に来ただけだ」

「ならば、その手付けの一両二分を支払っていけ」

「なんでだよ。おれが、なにをしたよ」

「切見世の土間に一歩踏み入れれば立派な客だ。さあ、懐の一両二分を出すがよい。それとも素《そ》っ首《くび》をどぶ板に曝《さら》していくか」

幹次郎の手の助直がわずかに突き出され、兄貴分の喉元に当たった。

「あああー」

すいっと引かれた助直に思わず兄貴分が財布を懐から出した。

「この雨だ。品川に戻るには駕籠も舟も見つからぬ。徒歩で帰るそなたらに銭はいるまい。その財布ごと初音に渡せ。それとも喉元を助直がくすぐろうか」

兄貴分が財布を初音にぽんと投げた。

「初音姐さん、今宵はよい客がついたな。いくら入っておるか知らぬが、気前がよい」

「神守様、この手応え、こやつが言った一両二分とさ、銭が少々だね」

「我慢せよ」

「もらってよいのかえ」

「客の厚意《こうい》を無にするものではない」

幹次郎は助直を引いて、懐紙で濡れた刃を拭い、鞘《さや》に納めた。その間に三人がどぶ板道を這《ほ》う這うの体で逃げていった。

蜘蛛道にいた桜季と遠助が幹次郎のところにやってきた。

「神守様、濡れそぼっています」

珍しくも桜季が幹次郎の姓を呼んで言った。

「会所にて着替える。山屋のおかみさんの夕餉は持って参ったな」

「はい」

と袖で雨から覆っていた器を出した。

「山屋のおかみさんがそなたの夕餉も拵えてくれなさった」

「こりゃ、宴でも開かなきゃね。神守の旦那、上がっていかないか」

「務めがあるでな、今宵は遠助と会所に戻る。なんだか、妙な一日であったわ」

「神守の旦那、この秋雨は何日も続くよ。わちきの膝がしくしくと痛むもの」

「大事に致せ」


幹次郎が吉原会所に戻ったとき、四つの時鐘《ときのかね》が響いてきた。それでも大門は開かれたまま、引け四つまで商いが続けられた。

さすがに五十間道を下りてくる駕籠はいつもより少なかった。それでも大門の前に会所の若い衆《し》が立っていた。

「ご苦労だな」

「おや、神守様も濡れ鼠《ねずみ》だ。どうなされました」

と金次が尋ねた。

「つい最前大門をそれがし同様の濡れ鼠の三人組が通らなかったか」

「通りましたぜ。おれがさ、どうしなさったと声をかけたら、引ったくりに遭った、と喚いて衣紋坂《えもんざか》のほうへ走っていきましたぜ。あいつら、だれに引ったくられたんだ。まさか、神守様とひと悶着《もんちやく》ありましたかえ」

「ひと悶着というほどでもないわ。それより掏摸の三人組はどうしたな」

「会所に連れ込んで番方が脅しつけたら、ぺらぺらぺらとくっ喋《ちゃべ》りましたぜ。七代目が、明日面番所の村崎同心に渡して、手柄にしてやれと申されておりました」

「こちらも大物ではないか」

幹次郎は会所に入ると破れ笠を取った。

その足元で遠助がぶるぶると体を震わしたので水滴が辺りに飛び散り、土間の柱に縛りつけられた三人の掏摸の顔を濡らした。こちらはだいぶ脅されたらしく水滴を顔に浴びてもものを言う元気もなかった。

「どうしましたえ」

と奥から出てきた仙右衛門が尋ねた。

「こやつら同様、大した話ではないわ、番方」

幹次郎は西河岸での騒ぎを掻い摘んで話した。

「なんですって、品川宿まで桜季の話は広がってますかえ。神守様よ、もはや四《し》宿《しゅく》でもよ、桜季を鞍替えさせるときには、買い叩かれますぜ」

仙右衛門が、

「おまえ様のせいだ」

という眼差しで幹次郎を見た。だが、それ以上のことは口にせず、

「神守様よ、隣で湯を使わせてもらったらどうですな、ただ今七代目が入ってなさいますよ、諸々報告するのに都合がよいのじゃありませんかえ」

と言った。

「濡れ鼠で柘榴の家には入らせてもらえそうにないな。そうさせてもらおうか」

幹次郎は会所の裏口から引手茶屋山口巴屋の裏口に回った。すると、玉藻が幹次郎の形を見て、

「またなの、神守様が裏口から顔を見せるときは驚かされることばかりよ」

とぼやいた。

二

引手茶屋の風呂に四郎兵衛が独り湯に浸かっていた。そこへ幹次郎の声がして、

「四郎兵衛様、相湯《あいゆ》させてもらって宜しゅうございますか」

と願った。

「どうぞ入りなされ」

許しを得て幹次郎が濡れた衣服を脱いだ。すると脱衣場の向こうから、

「神守様、衣服はお脱ぎになったまま湯に入ってくださいまし、着替えは用意させます」

と玉藻の声がして、

「お願い致します」

と応じた幹次郎が湯殿《ゆどの》に入ってきた。

「久しぶりの雨に濡れましたかな」

「山屋から初音の切見世に桜季を送っていく間に小さな騒ぎがございまして、冷たい雨に打たれました」

と言いながらかかり湯を使った幹次郎は、

「失礼します」

と湯船に浸かった。そして、
ふーっ
と長い息をひとつ吐き、

「極楽でございますすな」

と言った。

「相変わらず桜季に手古摺《てこず》っておりますか」

「いえ、それはございません」

幹次郎は掏摸を澄乃らが捕まえたのを見て、山屋を訪ねたところから、初音の切見世にいた品川宿八つ山の弥兵衛なる者から頼まれ、大籬の三浦屋から西河岸の切見世に落とされた新造の様子を見に来たという三人組のことまでを語った。

「ほうほう、吉原の外の連中も桜季の様子を気にかけておりますか」

「本日は様子を見に来たと言いますから、三人組を大門の外に出しました」

「今宵のところはそれで宜しゅうございましょう。で、当の桜季はどうしていますな」

「山屋のおかみさんがまるで娘のように可愛がってくれますでな、すっかり山屋の暮らしに馴染んでおりました。夕餉の膳を前にしたところは娘か、奉公人のようでした」

「初音のところに帰ることを嫌がりませんでしたか」

「おなつさんが初音の夕餉まで桜季に持たせてくれましたから、それを大事そうに胸に抱えて切見世に戻りました」

「お話を聞くと、桜季はなんぞ考えるところがございましたかな」

「初音姐さん、山屋のおかみさんの他にも遠助が桜季のことを気にしております」

「吉原でもひとりだけで生きていくことができぬということに気づき始めましたのでしょうかな」

四郎兵衛が願いを込めた風に同じ意の言葉を繰り返した。

「そのような兆候《ちようこう》がわずかながら見られます。己が起こした騒ぎが廓の外にまで広がったのを見ていたのか、それがしに対する態度もいささか変わったようにも思えます。ですが、それは一時《いつとき》のものかもしれませぬ」

幹次郎の報告を聞いてしばし瞑目《めいもく》していた四郎兵衛が、

「まあしばらく時がかかりましょうな」

と呟いた。

「四郎兵衛様、それがしがこの吉原にお世話になったばかりのころ、蜘蛛道の出入り口には楼の老女などが座り、蜘蛛道に入り込む客をやんわりと拒んでいたように思います。近ごろはどこもが蜘蛛道に人を置かなくなったものですから、住人の体で蜘蛛道に入り込む輩が増えたように思えます」

「最前長吉に言われました。五丁町の町名主《まちなぬし》に願って蜘蛛道に改めて人を配しましょうかな」

四郎兵衛が幹次郎の懸念を受け容《い》れた。

「さあて、神守様」

四郎兵衛が話柄を変える気か、並んで湯に浸かる幹次郎の顔を見た。

「赤井武右衛門様の名を騙った開源総一郎は、反伊勢亀を標榜《ひょうぼう》してきた天王町組板倉屋傳之助のところに出入りしているそうな。板倉屋の御寮《ごりょう》が川向こうの横川《よこかわ》沿いの小梅代地町《こうめだいちちょう》にございます。開源らはそちらに寝泊まりしているようです」

さすがに四郎兵衛の調べは素早かった。

先代の伊勢亀半右衛門が存命のときから反伊勢亀派はいた。七代目半右衛門は長いこと札差筆頭行司を務めており敵が多かった。

片町組の上総屋彦九郎、森田町組の十一屋嘉七、そして、天王町組の板倉屋傳之助らがその旗頭《はたがしら》だったが、先代が存命のときははっきりとした活動はできなかったのが、動き出したと思われた。また、伊勢亀派に与《くみ》する大半の札差たちも七代目の死を受けて、動き出していた。その一部は、八代目に就いた伊勢亀半右衛門を亡父の跡継ぎにしようと考えていたが、その者たちが名乗らず文を送ったり脅したりする理由はない。

当代の伊勢亀は先代の遺言を守り、喪に服することを理由に新筆頭行司に名乗り出ることを拒んでいた。

「神守様、反対派の三人の身辺を私なりに調べました。ですがな、いくら調べても当代の伊勢亀を担ぎ出そうという輩は見つかりません。どうも私の調べとは違う者たちが御蔵前に潜んでいるようでございますな」

長年、徳川幕府の直参旗本御家人の御蔵米を扱い、巨額の金子を動かしているのが浅草の札差百九株だ。先代以来の反伊勢亀派とも、伊勢亀派とも違う札差が時をじいっと待っておるのではないかと四郎兵衛は言っていた。

「もし、そのような札差がおるとしたら、すでに名乗りを上げた面々が泥仕合をなして、自滅するのを待っておるということでございますか」

「まあ、ともかく容易く本性を見せる人物ではございますまい。その者にとっていちばん怖いのは、当代の伊勢亀半右衛門様がこたびの札差筆頭行司争いに名乗りを上げないことでしょう。己は巣穴の中にひっそりと潜んでいながら、当代の伊勢亀半右衛門様が泥仕合に加わってくれたほうが有難い。その者が望むのは、そのようなことでしょう」

四郎兵衛は、伊勢亀に文を送りつける人物は今まで名の挙がった者らとは別にいると言っていた。この者は、先代伊勢亀半右衛門が倅に忠言したと同じ、「しばらく間を置く作戦」を選んでいた。その者としては、先代の後釜を狙う泥仕合の中で当代の伊勢亀も一気に潰しておきたいのであろう。

幹次郎はしばし沈黙し、考えた。

「いかにもさようかもしれません」

「となると、その者が次にいつ動くか。そのときが、その者の尻尾《しっぽ》を摑むことができる好機《こうき》にございましょうな」

四郎兵衛が言い、伊勢亀を巡る一件は、どうやら仕切り直しかと、幹次郎は考えた。


幹次郎が吉原会所の名入りの番傘を差し、下駄を履いて大門を出たのは、四つ半（午後十一時）の刻限だった。

相変わらず梅雨のしとしと雨のように秋雨が降り続いていた。

そのためにいつもは大門前に控えている駕籠もなく五十間道を下りてくる駕籠も見えなかった。

「神守様よ、なにごともなく柘榴の家に戻りつくことを祈ってますぜ」

吉原会所の軒下から番方の仙右衛門が声をかけた。

「津島道場の朝稽古以来、あれこれとあった。できれば今夜はこのまま家に戻りたい」

「そう願っております」

大門前から幹次郎は緩《ゆる》やかに曲がった五十間道を上がっていった。

なんとも静かな五十間道だった。引け四つ前ならば、いつもは土手八丁から駆け下ってくる駕籠がいた。だが、しとしとと降り続く雨にさすがにそう物好きな遊客はいなかった。

衣紋坂の見返り柳も常夜灯の灯りにしっとりと濡れた姿を見せ、黄色になりかけた葉先から雨が滴《したた》り落ちていた。

幹次郎は、土手八丁に出ると番傘をつぼめて風に向かって傾けた。

今戸橋《いまどばし》のほうから風が吹いて雨を斜《なな》めに降らせてきた。

幹次郎は番傘の横手に人影を見た。

この界隈は何軒も編笠茶屋が軒を連ねていた。もはや刻限も刻限、それにこの雨ではどこも店仕舞いをしていた。

そんな軒下に三人か、四人が潜んでいた。

幹次郎は雨宿りかと思った。だが、直ぐに降りやむ雨ではない。ひと晩雨宿りしたところで、どうにもなるまい。

幹次郎は傾けた番傘を動かして人影を見た。

軒下からすいっと姿を見せたのは、幹次郎が承知の人物だ。塗笠で雨を避けた相手に、

「津島道場では常陸土浦藩家臣赤井武右衛門を名乗っていたな」

と幹次郎が質した。

「吉原会所の神守幹次郎じゃな」

相手が名入りの番傘で見当をつけたか、反対に念押しした。

「やはりそれがしが目当てだったか、開源総一郎」

「もはやわが名を知られたか」

「赤井武右衛門どのは土浦城下の屋敷で病の治療をなされておられる。さようなお方の名を借りてなにをしようというのだ」

なにか罵り声を開源総一郎が上げた。だが、風雨の音で幹次郎にははっきりと聞こえなかった。

「伊勢亀から手を引くのだ、神守幹次郎」

「そなたに指図される謂れはない。天王町組の板倉屋に出入りしているようだが、そなたの器では使い捨てにされるだけじゃぞ」

「抜かすでない」

軒下に残っていたふたりが幹次郎の背後に回った。

幹次郎は気配もなく手から吉原会所の名入りの番傘を放した。風に乗って飛んだ番傘が後ろに回ったふたりの視界を塞《ふさ》いだ。

その瞬間、幹次郎は、下駄を履いた足で開源総一郎との間合を詰めながら津田近江守助直を一気に抜くと、不意を打たれて狼狽する相手の右手首を斬り放った。

あああ
開源総一郎が悲鳴を上げ、左手で腱《けん》を切られた右手を抱えた。

次の瞬間には幹次郎は振り返り、飛んできた番傘を手で振り払ったふたりに躍《おど》りかかっていた。

一瞬後、開源総一郎同様にふたりの手首を斬り放っていた。

三人が悲鳴を上げながら、立ち竦《すく》んでいた。

「開源総一郎、もはや札差の用心棒はできまい。津島傳兵衛道場で門弟衆に殴り殺されなかっただけでよしとせよ。津島道場はそなた程度の腕などなんとも思っておらぬ。道場をなめくさった罰と思え」

番傘は山谷堀《さんやぼり》に吹き飛んで落ちていた。

幹次郎は助直を手拭いで拭うと鞘に納め、

「なんとのう、雨に魅入られたか、一日に二度も濡れ鼠になったわ」

の声を残して柘榴の家に急いだ。


四半刻後、柘榴の家の風呂場で真っ裸になった幹次郎は、水を被り、

「せっかく湯に浸かったが、帳消しじゃ」

とぼやきながら乾いた手拭いで濡れた体を拭った。

「姉様、麻、今晩は二度も雨に打たれ、二度着替えることになった」

と囲炉裏端で言った。

「道理で幹どのの召し物とは違いましたな」

「姉様、引手茶屋はなんでも用意してあるものだな。玉藻様が貸してくれた衣服

だ。だが、それも濡らしてしまった」

幹次郎は長い一日をふたりに語り聞かせた。

「呆《あき》れました」

と麻が感想を述べた。

「吉原会所に世話になり、あれこれと経験してきたが、ひと晩に二度も濡れ鼠になり、着替えをしたのは初めてじゃ」

麻が温《ぬる》めの燗酒を幹次郎の杯《はい》に注ぎながら、

「さようでしたか。桜季は、山屋で可愛がられておりますか」

と幹次郎が濡れ鼠になったことより、桜季の近況に関心を示した。

「あの娘さん、ひょっとしたらよい方向に変わるかもしれませんな。幹どのの荒《あら》療治《りようじ》の甲斐《かい》があったというものです」

と汀女が言った。

「姉様、麻、初音や山屋の人々を桜季に裏切ってほしくない。これが最後の機会と思わぬか」

「思います」

「私が果たし得なかったことを初音さんと山屋さんが代わってやっておられま

す」

「麻、周りは手を差し伸べて支えるだけだ。己の手を伸ばして運を摑むのは桜季自身なのだ。そう望んでおる」

幹次郎の言葉にふたりが頷いた。

三人はしばし桜季の身を思い、それぞれが沈思した。

「うすずみ庵に降った初めての雨じゃが、どうだな」

「柿葺《こけらぶ》きの屋根に降る雨の音は、柿板に優しゅう響いて、まるで琴《こと》の調べを聞いているようでございます」

「ほう、瓦《かわら》屋根とは違うか」

「違います」

と応じた麻が、

「今晩、三人でうすずみ庵に泊まりませぬか。さすれば柿屋根の雨音を聞くことができますよ」

と言い、

「姉上、宜しゅうございましょう」

と言った。

「雨のうすずみ庵に泊めてもらいますか、幹どの」

「柿屋根を叩く秋雨の音を聞くか、風流じゃな」

と話が決まった。


夕餉のあと、幹次郎は夜具をひと組うすずみ庵の座敷に持ち込んだ。奥の炉を切り込んだ六畳間ではない。手前の四畳半に麻の床をずらし、有明行灯《ありあけあんどん》を部屋の隅に移してもうひと組を敷き延べたのだ。

「これでよし」

と灯りの下で寝所《しんじょ》を見回すといつの間に柘榴の家から移動してきたか、黒介が早々に夜具の上に乗ってきて、幹次郎を見上げた。

「そなたもうすずみ庵に泊まってみたいか」

幹次郎が黒介の喉を撫でると猫は大きく伸びをして気持ちよさそうだ。

ふと気づいた。

たしかに柿葺きを打つ雨音は瓦葺きのそれとは異なっていた。

柿葺きに吸い込まれるように優しくも官能的《かんのうてき》な雨音だった。

柿屋根　やさしく耳に　秋の雨

と頭の中で五七五が浮かび、

(とても口にはできぬな)

と思った。

「そう思わぬか、黒介」

幹次郎の声に黒介が手にまとわりついてきた。

「そなたの傍に寝よというのか」

幹次郎は新しく敷いた夜具の上に寝てみた。

有明行灯の薄い灯りに網代《あじろ》の天井が見えた。細やかな細工が、四畳半の天井を渋くも粋に見せていた。

「よい気持ちだな、黒介」

と右手を黒介に回しながら、幹次郎は今日一日で起こった出来事を思い起こしていた。

伊勢亀の当代を新札差筆頭行司に就けようという画策話は、絶対に乗ってはならないものだった。それが先代との約定であり、当代もその遺言を守る気でいた。

となるとしばらく様子をみていてもよいか、と網代天井を見上げながら考えた。

（あとは桜季か）

こちらもしばらく日にちがかかろう、ともかく桜季の気持ち次第だ、と考えているうちにいつしか幹次郎は夜具も掛けずに眠り込んでいた。

どれほど時が経ったか。

部屋の中に風が吹き込んできて、

「あれあれ、麻、そなたの寝間《ねま》を男ふたりが占拠しておられますよ」

と汀女が幹次郎の刀を手にしながら寝間の光景を見て驚きの声を上げた。

「姉上、幹どのは私ども美形ふたりを待つまでもなく眠り込んでおります。私どもをなんと考えておられますか、幹どのは」

「麻、幹どのを布団の中に入れますよ」

汀女の声がしてふたりの女が幹次郎を敷き布団の上に寝かせ、夜具を掛けた。

幹次郎はなんとなく枕辺に刀が置かれたのを感じながら、眠りを貪《むさぼ》っていた。

「幹どのは疲れておいでです」

ふたりが幹次郎を見ている気配があって、

「ほんに柿葺きの雨音は優しい響きです」

「しばらく女ふたり、雨音を聞いておりましょうか」

麻の声が遠くから聞こえたようで、幹次郎は本式の眠りに落ちた。

三

しとしと、と板を優しく叩く律動的《りつどうてき》な雨音がしていた。

幹次郎は、雨音を意識しながらただ眠り続けていた。

ふと気づいて目覚めたとき、幹次郎は、

(どこで寝たのか)

と一瞬疑いを持った。そして、網代天井を見上げて、

(うすずみ庵で寝たのか)

といささか慌てて床から起き上がった。

だが、うすずみ庵の部屋には幹次郎ひとりしかいなかった。こちらで寝たはずの麻と汀女の姿もなく、黒介もいなかった。

いつもより長く寝ていた感じが体に残っている。

(いささか疲れておるのか)

と幹次郎は考えながら、柿葺きの屋根を叩く優しげな雨音に耳を傾けていた。

(麻には似合いの庵じゃ)

それもこれも七代目伊勢亀半右衛門の粋な計らいが生んだ暮らしだ。

幹次郎は、うすずみ庵から柘榴の家に飛び石伝いに傘を差して戻った。女たちの声が囲炉裏のある台所の板の間からした。

「すまぬ、寝過ごした」

幹次郎が汀女とも麻ともつかずに言うと、

「おや、朝帰りでございますか」

と汀女が答えた。

幹次郎はどさりと囲炉裏端の定席に腰を下ろすと、

「うすずみ庵に降る雨音を聞いておると、いつしか眠り込んでしまった。今、何《なん》刻《どき》かな」

と訊いた。

「五つ半(午前九時)時分でございましょう」

と麻が答えながら、

「私どもは雨音より幹どのの鼾《いびき》の音がうるそうございました」

と言った。

「なに、それがし、鼾を掻いておったか」

「幹どの、疲れておいでです。ときに体を休めるのもよいものです」

「そうじゃな」

麻に言われた言葉に幹次郎は素直に応じていた。

「それにしてもよい庵ができた」

としみじみと幹次郎が言った。

「幹どの、一昨日《おととい》、四郎兵衛様からお休みのお許しを得ておられましたが、結局お働きになりました。一昨日の代わりに本日はお休みになってはどうですか」

汀女の言葉に、

「それがようございます」

と麻まで言い出した。

「そうですね、幹どの、麻といっしょに伊勢亀の先代様のお墓参りに行かれてはどうですね」

「墓参りな」

幹次郎は麻の顔を見た。

「姉上もごいっしょに参りませぬか」

「私は料理茶屋がございます。急に休むのはいささか無理です」

汀女が断わった。

幹次郎はしばし考えて言った。

「新しい札差筆頭行司の選出を巡って蔵前は緊迫しておる。今のところそれがしはこちらにいたほうがよさそうじゃ。それに伊勢亀の先代の墓参りはうすずみ庵の披露目を済ませてからのほうがよかろう。麻、そうは思わぬか」

「そうですね、お披露目をなした上でお墓参りに行き、先代様にご報告申し上げるのがよかろうと思います」

と麻も答えた。

「この雨ゆえ客は少なかろう。じゃが、かようなときほど意外と事が起こる」

幹次郎は言うと、いつも通りの暮らしをすることにした。

朝餉を終えた幹次郎は、汀女を浅草並木町の料理茶屋山口巴屋に送りがてら、伊勢亀の様子を見てこようと考えた。

「姉様、柘榴の家も賑やかになったな」

「幹どのは、世間で噂されることを気にしておられますか」

「どのような噂だな」

と言いながら幹次郎には内容の推測がおよそついた。

「料理茶屋のお客様の中には、浅草寺の寺町には妻と妾《めかけ》が同じ屋根の下で暮らす家があるそうな、そなたの家ではないのかと面と向かって訊かれるお方もおられます」

「姉様、不快ではないか」

「なんのことがございましょう。うちには妹は別棟に住まいしておりますが妾はおりません、とはぐらかしております」

「世間とは口さがないものじゃ」

「よいではありませんか。仲睦《なかむつ》まじく姉と妹が暮らしておるのです。幹どのは、世間体を気にかけておられますか」

「それがしに向かって妻妾《さいしょう》同居を尋ねるのは面番所の村崎同心くらいでな。われら、世間からどう思われようと己の務めを果たし、暮らしを守るだけじゃ」

「それでようございます」

と応じた汀女が、

「昨晩は先にお休みになられて残念でございましたな」

「それがし、雨音を存分に堪能《たんのう》させてもらってぐっすりと眠り込んだ」

「あのような格別な場合、殿御《とのご》は、女衆を待っておるものですよ。よいですか、幹どの」

と汀女が傘の下から幹次郎を睨んだ。

「次の機会があればそう致そう」

と呟きながら、

「われら、妙な来《こ》し方《かた》を歩んできたな」

と言い訳するように言い足した。

「それは、幹どのが人妻であった私の手を引いて豊後竹田《ぶんごたけた》の城下を逃れたときから定まっていた生き方でございましょう。私どもの間にひとり妹が増えたところで、なにごとがありましょう」

と汀女が言い切った。

ふたりは傘を差しながら浅草寺の随身門《ずいじんもん》を潜り、本堂にいつものように参拝した。

仲見世通《なかみせどお》りにはいつものようには参拝客はいなかった。

「この雨は当分続きましょう」

と汀女が言った。

「かような雨を戻り梅雨と称するのか」

「いいえ、霖雨《りんう》になりましょうな。すすき梅雨と呼ばれるお方もございます」

汀女は長雨になると言っていた。

「川向こうでは桑平どののご新造がどのような気持ちで雨を見ておられるか」

と幹次郎がぽつんと独白した。

「病人にとって、この雨は辛《つろ》うございましょうな」

と言った汀女が、

「ご新造様は、余命を承知なのでございますね」

と質した。

「八丁堀を出た折りからそれは覚悟しておられよう。幼い子をふたり残していかれるのは、己の死よりも辛いであろうな」

「私どもには子がおりませぬ。ゆえにそのお気持ちを察するしかございませんが、ご新造様の苦しみを思うと」

汀女は途中で言葉を切った。

「なにかできることがあればよいのじゃが、他人が手を出せることはないな」

「幹どのは、すでに十分尽くしておられます。あとは静かに見守っていくだけです。そうではございませぬか」

「いかにもさようじゃな」

ふたりは人影が少ない広小路を突っ切り、料理茶屋山口巴屋の門前で別れた。

その折り、汀女の手が幹次郎の手を触り、しばらくそっと握っていたが、

「ときに麻の手を握ってやりなされ。私どもはどのようなことでも麻が好きなようにさせてやるのが務めです、幹どの」

と言うと手を離して、料理茶屋の表口へと向かった。

その背を見送りながら、幹次郎は手に残った汀女の温もりを感じていた。

(生涯姉様には頭が上がらぬな)

と思いながら、これがわれらの生き方じゃと己に言い聞かせた。


二日ほど四郎兵衛の用事に付き合った。

その間も雨は降り続いていた。

ようやく幹次郎が札差伊勢亀半右衛門方を訪ねると、大番頭の吉蔵が、

「おお、神守様、ちょうどよい折りに見えられました」

と声をかけてきた。

幹次郎は軒下で傘を畳むと雨粒を振って落とした。さしも広い御蔵前通りに一匹の濡れそぼった野良犬がいるくらいで人影は見えなかった。軒下に傘を置き、店に入ると、

「また文が届きましたか」

と大番頭に尋ねた。

「いえ、このところ例の文は止まっております。本日はうちの主を担ぎ出そうとなされる札差株仲間七人がおいでで、旦那に膝詰め談判の最中です。神守様、お上がりください」

「それがしが顔を出すと妙な噂が伊勢亀に立つのではないか。遠慮したほうがよくはござらぬか」

「いえ、神守様は、先代の遺言を直に聞かれた方です。そのお方の口から先代の言葉を伝えられれば、皆さんも得心されましょう。ささ、私がご案内しますでな」

と吉蔵が幹次郎を手招いた。

幹次郎は懐から手拭いを出して肩や足元を拭い、店の端から上がった。

座敷に八代目の伊勢亀半右衛門と七人の札差株仲間が対座していた。

吉蔵のあとから座敷に従ってきた幹次郎を見て、半右衛門がほっとした顔をした。だが、対座していた札差の中には、

「何者か」

という顔をする者もいた。

「皆様、吉原会所の神守幹次郎様が偶さかうちに立ち寄られましたで、旦那の断わりもなくこちらにお連れ致しました」

大番頭の吉蔵が札差株仲間に説いた。

「もしかして先代の旦那に可愛がられた会所の裏同心ですかな」

と嫌な顔で見る者もいた。

「いかにも、伊勢亀の七代目に生前お世話になりました」

幹次郎がにこやかな顔で応じた。

「伊勢亀さん、大番頭さん、吉原会所と、いや、会所の陰の者とわれらと、なんの関わりがありますのか」

と言い放つ者もいた。

「大番頭は、親父と神守様の付き合いを承知ゆえ、こちらに案内してきたのでしょう。ご一統《いっとう》様、最前から私が縷々《るる》申し上げておる一件ですが、神守様は親父の遺言を直に聞かされた数少ない御仁です」

当代の伊勢亀半右衛門が言った。

座にざわめきが起こった。

「半右衛門さん、倅のそなたを差し置いて先代は他人を信頼なされましたか」

株仲間のひとりが険しい表情で質した。

「ご一統様、いささか経緯を誤解しておられる。むろんその場に倅の私もおりました。そして神守幹次郎様も同席して親父の遺言をいっしょに聞きましたので」

当代の半右衛門は平然とした声音で答えていた。

「なぜそんな」

と最前幹次郎の立場を質した札差のひとりが呟き、別のひとりが、

「吉原会所の裏同心と伊勢亀の先代が知り合いとは承知していましたよ。たしか薄墨太夫を亡くなった七代目が身請《みう》けした折り、七代目と吉原との仲介に立ったお人ですな」

「さようです」

「妙な噂が流れてますな、当代はそのことを承知ですか」

と最初に幹次郎に不審の眼差しを向けた札差が質した。

「なんですな、相模屋《さがみや》さん」

「薄墨はもはや落籍して吉原の外に出ておりますな。その女がこの神守さんの家に同居しているそうな。仲介人の家に伊勢亀の先代が身請けした遊女がいるとは一体全体どういうことですな。もしや、世間の噂のように先代が病で弱気になった折りに、このお方が取り入って薄墨太夫の身請け話を仕立て上げたということはありませんか、伊勢亀さん」

「ご一統、父は亡くなる直前まで頭は明晰《めいせき》にございました。最期のとき、私といっしょに神守様も父を見送りました。薄墨と呼ばれた太夫の身請け話は親父一人《いちにん》が己の意思で決めたことです。弔《とむら》いが終わったあと、薄墨太夫の身請け話の仲介人に立ったのは神守幹次郎様です。その上で吉原会所の頭取四郎兵衛様、そして、三浦屋の四郎左衛門様が納得して、薄墨の落籍が決まりました。戻るべき当てのない加門麻様を引き取られたのは神守様、最前名を挙げたおふたりが得心してのことでございますよ」

と半右衛門が言い切った。

「女郎が身請けされようと、その女郎が吉原の裏同心の家に居候《いそうろう》しようとどうでもよいことです。私は、この札差株仲間の集いの場になぜ吉原会所の裏同心がおるのか、それが分かりませんな、伊勢亀さん」

「利倉屋冠兵衛《としくらやかんべえ》さん、曰くがございます」

と半右衛門が利倉屋と呼ばれた札差に即答すると、しばし間を置いた。

伊勢亀の座敷を重い沈黙が支配した。

ふたたび何人かが身を乗り出し、なにかを言いかけた。それを無言で制した人物がいた。七人の札差のうち、幹次郎の登場を最初から凝然《ぎょうぜん》と見守っていた初老の人物が、

「ご一統、伊勢亀さんの話をまず聞きましょうか」

と静かに言った。

「有難うございます、大口屋《おおぐちや》の大旦那様」

と半右衛門が応じると会釈を大口屋の大旦那に返し、

「親父は、死の淵で伊勢亀の後見方として神守幹次郎様を指名致しました」

「それは病人ゆえ気弱になってのことだ」

と相模屋忠吉《ちゆうきち》が言い放った。

「相模屋さん、親父に対してもその場にあった私に対しても失礼な言辞ですよ。親父は神守様の判断と行動が要る時がくると考えたゆえ、私の後見方に願ったのです。親父の遺言の肝心要《かなめ》は、私が親父の跡を直ぐに継ぐような真似はするな、ということでした。むろん、札差筆頭行司のことでございますがな。私は親父の判断が間違いなかったというべき事態に直面しております、と思われませんか、大口屋の大旦那様」

「有象無象《うぞうむぞう》が名乗りを上げての騒ぎのことですかな」

「大口屋の大旦那様、そなた様こそ親父の跡継ぎにふさわしいお方と私は常々考えてきました」

「半右衛門さん、そなたの親父様にあって、この大口屋喜之助《きのすけ》にないものがございます。百九組の札差はだれをとっても海千山千《うみせんやません》、それを束ねる力量、度量は私にはございませんでな」

と大口屋喜之助が笑った。

「大口屋の大旦那様、ならばこの伊勢亀半右衛門も札差筆頭行司に就くに足りないものばかりでございます。私、向後の三年は、親父の喪に服して伊勢亀の商いを学ぶことに専心すると、後見方の神守幹次郎様や大番頭と話し合っております」

「伊勢亀さん、吉原会所の用心棒風情に札差のなにが分かるんですか。親子して流れ者の口車《くちぐるま》に乗せられて、呆れました。当代に期待した私が愚《おろ》かでした」

と相模屋忠吉が激しい口調で吐き捨てると席を立った。するとひとりまた一人と伊勢亀の座敷から去っていき、相模屋たち六人の札差を大番頭の吉蔵が見送りに行った。

ひとりだけ大口屋喜之助が残った。

しばし沈黙があった。だが、最前の沈黙と違い、なんとなく穏やかな気が流れていた。

「伊勢亀さん、私もな、昔は身罷った親父様と吉原で遊んだ口です。ですが、先代の親父様のように洒脱《しゃだつ》な遊びができませんでした。神守幹次郎様に四郎兵衛様や三浦屋の四郎左衛門様、さらには亡くなった親父様を惹《ひ》きつける力があったことだけは認めざるを得ませんな。蔵前は向後数年、今起こっているような騒ぎが繰り返されましょう。商売一途《いちず》に専念されることは悪いことではございません」

喜之助が半右衛門に言った。

「亡き父の判断が間違っておらなかったと申されますので」

「最前の話を聞いただけでお分かりでしょう。そなたの判断に間違いはございません」

と最後に応じた大口屋が辞去の様子を見せた。

「半右衛門様、それがしもこれにて」

と幹次郎も立ち上がった。

四

御蔵前通りに、秋雨が傘に打ちつける音を立てながら降り続いていた。

伊勢亀を出た神守幹次郎は、大口屋喜之助と肩を並べた。

大口屋の店は北寄りの二番蔵近くにあるという。

ふたりはそれぞれ番傘を差し、雨に足元が濡れないように足駄《あしだ》を履いて泥濘《ぬかるみ》の道をゆっくりと進んだ。

「大口屋の大旦那、ちとお尋ね申します」

「なんですね、神守様」

大口屋喜之助が幹次郎を振り向いた。

「ひと昔前、十八大通《じゅうはちだいつう》と呼ばれる通人たちがおられたそうな。そして今も十八大通を標榜する方々がおられるようですね、されど先代の伊勢亀の旦那の死で大《だい》尽《じん》遊びは峠を越えたかと思いますが、いかがですかな」

大口屋喜之助は幹次郎がなにを考えているか察したようで無言のまま、ゆっくりと泥濘の道を歩いていた。

「十八大通の中でも筆頭の通人は、暁雨《ぎょうう》と呼ばれた大口屋治兵衛《じへえ》様と聞いております。この大口屋暁雨様とそなた様、大口屋喜之助様のおふた方は縁戚《えんせき》にございますか」

「大口屋治兵衛こと暁雨は、表立っては明和《めいわ》四年に札差を廃業しております。二十四年も前のことです。

さて、問いの一件ですが、縁戚かと問われれば縁戚でしょうな、叔父《おじ》ですから。私は、十八大通としての叔父のことはとくと承知していません。伊勢亀の先代と十八大通の遊びとは、まるで違っておりましょう。伊勢亀の先代は、粋を承知の遊び人であり、仕事人でしたよ」

「伊勢亀の先代が身罷られたのは十八大通の終わりと申されるお方もおられるとか。この辺りはいかがでしょう」

と幹次郎が質すと、

「先代は株仲間とつるんでの派手な遊びを嫌われました」

と大口屋喜之助が答え、

「それにしてもこたびのことは驚かされましたよ」

と言った。

幹次郎は大口屋が驚いたというのが、新しい札差筆頭行司を選ぶために大勢の候補が乱立したり、あわよくばと狙っていたりする騒ぎではなく、伊勢亀の先代が薄墨太夫を落籍して身罷ったことを指すのだろう、と思った。

「薄墨落籍の一件ならば、先代の申される通りにそれがしは下働きで動いただけです」

幹次郎の言葉に頷いた大口屋喜之助が、

「叔父の暁雨らがしたような、大籬を借り切って小判をばらまくような遊びはとうの昔に終わりましたな。こたびの伊勢亀の先代の行いがそのことを表わしています」

幹次郎の最前の問いに喜之助が頷いて答えた。

「神守様、そなたが先代に信頼されたというのは本日お会いしてよう分かりました。ところで話は違いますが、当代の伊勢亀になにか災難が降りかかっておりますかな」

大口屋喜之助が幹次郎に質した。

しばし沈思しながら歩を進めていた幹次郎は、最前の大口屋喜之助は相模屋らとは考えが違う人物のように思えた。ひょっとしたら、そのことが気掛かりで今日は相模屋の誘いに乗ったのであろうか。

「本日、皆様が伊勢亀に掛け合いに見えたことと関わりがあるかなしか、このところ伊勢亀の店に名無しの文が何通も投げ込まれました」

「札差筆頭行司に就いてはならぬという脅迫状めいた文ですかな」

「それが反対の内容です。先代の跡を継いで札差筆頭行司に就けという内容でございましてな」

「それはまた妙な。相模屋一派の仕業とは違いますな」

大口屋喜之助が即座に断言し、幹次郎も頷いた。

「これら執拗《しつよう》な文をどなたが出されたか、気になされた当代がそれがしに、どうしたものかと相談されたのでございますよ。それがしが本日訪ねたのも、このことがあったからです」

「念押ししますが、相模屋らのこたびの掛け合いと、伊勢亀に届く文は関わりがあると神守様は考えられますかな」

「最前お会いして、あの方々とは違うかと考えました」

「相模屋一派のやり口は単純です。当代の伊勢亀を筆頭行司に祭り上げて、自分たちは汗も掻かずにうまい汁を吸おうと考えておるだけです。名無しの文の狙いとは大いに異なりましょう」

大口屋喜之助が言い切った。そして、

「当代の伊勢亀は未だお若いが、亡き先代の功績と当代の思慮深さを考え合わせますれば、跡を継ぐと名乗りを上げたその瞬間に決まりましょうな。じゃが、伊勢亀当代は先代の遺言を守って動かれようとはしない。文の主もいらいらしていましょうな」

「大口屋様、当代の伊勢亀を泥仕合に引きずり込み、自らは有利に立つための文とそれがしは考えております」

「まずそう見たほうがよい。いずれ時がくれば伊勢亀の当代が札差百九株の筆頭行司に就かれます。ただ今の泥仕合に加わることはない」

喜之助も言い切った。

「大口屋様は本日なぜ相模屋さん方といっしょに伊勢亀に参られたのでございますか」

「まあ、予測はついておりましたがな、事の成り行きの場に年寄りがひとりほど立ち会ったほうがよかろうかと、愚かなことを考えました。ところが伊勢亀には先代以来の後見方がついておられた。私の出る幕など指先ほどもありませんでしたな」

と大口屋喜之助が苦笑いした。

「大口屋様、誤解なきように申し上げておきます。それがし、吉原会所の陰の雇人《やといにん》、平たく言えばなんでも屋でございます。天下の札差の旦那衆に意見を述べるなど烏滸がましゅうございます」

「では、なぜ先代の伊勢亀の旦那がそなたを信頼なされましたな」

「さて、どうしてでございましょうな」

幹次郎は首を捻った。

「そなたが吉原に関わりを持った経緯は世間の噂で承知です。わずかの歳月の間に吉原会所の頭取四郎兵衛様が、さらには三浦屋をはじめとした楼主方が厚い信頼をそなた方夫婦に寄せておられますな。伊勢亀の先代をはじめ、だれしも一筋縄でいく相手ではありませんぞ。どうやらそなたは、利欲で動かれるお方ではないようにお見受けする。その辺りが伊勢亀の先代に後事を託された謂れでしょうかな」

「大口屋様、われら夫婦の出自を承知と申されるゆえ、説明は重ねませぬ。追っ手にかかって諸国を逃げ回っていた地獄の歳月に比べ、吉原会所の務めは極楽です、近ごろ天職とさえ思えるようになりました。ええ、それがし、勘違いをしておることをよう承知です」

「いや、神守様夫婦を吉原会所が引き取って、どちらが得をしたか。会所にございましょうな。じゃが、そのことを神守様は表にお出しにならない。その辺りがそなたの信頼される源《みなもと》でしょうか」

大口屋喜之助の足が止まった。

「私の店にございます。叔父は十年前、株を密かに私に託してくれました。仕事の大半を私に任せておりましたが、表の顔は叔父でしてな、つい最近まで後見方を務めておりましたしね。ともあれ私は十年ほど前から札差稼業に戻っておりました。叔父の全盛期とは及びもつかぬ小さな札差です」

幹次郎は雨のせいで薄暗い店を覗いた。

伊勢亀の半分ほどの間口もない店構えだった。だが、店の表にも中にもぴんと張りつめた緊張があった。主の喜之助が店に戻ってきたからではない、日ごろから奉公人の躾《しつけ》がなっているからだろうと幹次郎は感じた。

「お寄りになりますか」

「本日は未だ会所に顔を出しておりません。またにさせていただきます」

「無理にはお誘い致しますまい」

と言った喜之助が、

「伊勢亀に密かに届けられる文について、神守様が気がつかれたことがございますかな」

「十数通の文の内容は紋切型《もんきりがた》で、ほぼ同じものです。筆跡《て》でございますが、商人の文面のように見えて、なんとなく武家が認めた文字かと推察しております」

「かような文を書く者は百九株の札差と関わりの者でしょう。なんと筆跡が武家方でございますか」

「なんぞ証しがあってのことではございませぬ。ただなんとのう、判断しただけのことです」

「いや、意外と正鵠《せいこく》を射ておる気がします。神守様、なんぞ思いついたことがあれば吉原会所に使いを立てます」

「浅草並木町の料理茶屋山口巴屋にそれがしの女房が勤めております。そちらのほうがこちらから近い、ゆえにそちらでも構いません」

「そうでしたな、七代目は並木町に料理茶屋をお持ちでしたな。娘御に代わって神守様のご新造様が仕切っておられると聞きました。承知致しました」

と大口屋の前でふたりは別れた。


幹次郎が雨の大門を潜ったとき、昼見世が始まる前の刻限だった。

「おい、神守幹次郎」

と面番所から声がかかった。

雨を避けて軒下に隠密廻り同心村崎季光が立っていた。

「お勤め、ご苦労に存じます」
二、三歩面番所に歩み寄った幹次郎が挨拶した。
「お勤め、ご苦労じゃと。何刻と思うておる、もはや昼見世が始まるぞ。どこに立ち寄っておった」

「いえ、本日はこの雨ゆえ、朝寝をしてしまいました」

幹次郎はこう言い訳をした。むろん伊勢亀を訪ねたことを村崎同心に話す気はない。

「朝寝じゃと。奉公人が雨じゃ、雪じゃというて勤めの刻限に遅れてよいものか。いささか緊張を欠いておらぬか」

「いや、村崎どのの申されること、至極当然にございます」

「家は持った、奉公にも慣れた。幼馴染《おさな》の女房もおる。その上、義妹と称した女子も同じ敷地に住んでおる。たいそう結構な暮らしではないか」

村崎同心が嫌みを並べた。

「神守幹次郎、怠惰安逸《たいだあんいつ》に流れておるな」

「全くでございます。以後、気をつけますで、本日のところはお見逃しのほどを願います」

幹次郎は傘の下で頭を下げ、吉原会所に向かおうとした。

「話は終わっておらぬ」

村崎同心が呼び止めた。

「なんぞ御用がございますか」

「ある」

「なんでございましょうな」

しばし幹次郎の顔を凝視した村崎同心が、

「そのほう、三浦屋の新造を局見世に鞍替えさせたそうじゃな」

「おや、それがし、村崎どのに話をしておりませんでしたかな」

首を横に激しく振った村崎同心が、

「いかなる所存でさような真似をなしたな。吉原会所の裏同心如《ごと》きが首を突っ込むことではあるまいが」

「真にもってさようにございます。いささか経緯がございまして、それがしが仲介に立っただけの話にございます」

「仲介じゃと。大籬の三浦屋の新造といえば、これから大輪の花を咲かす蕾ではないか。それをどぶ水に浸けおったか、もはや花は咲かぬ」

村崎同心とは思えぬ言辞を弄した。

「それが大方の見方にございますな」

「神守、西河岸は吉原のふきだまりじゃぞ。極楽と地獄の差があろう」

「さようでございますか」

「おぬし、その口ぶりでは西河岸の切見世を知らぬな」

「一日に一度は見廻りに出ておりますゆえ、その程度には承知です。ですが、かような長雨は切見世の住人には辛うございましょうな」

「なにを呑気なことを申しておる。おぬしは三浦屋に何十両もの損を与えたのじゃぞ。主の四郎左衛門が目をかけるからと申して、いささか天狗《てんぐ》になっておらぬか。ともかくじゃ、なんの曰くがあってかようなことをなした」

「村崎どの、この一件を話すとなると時を要します」

「わしは構わぬ。話次第では三浦屋の四郎左衛門に南町奉行所隠密廻り同心村崎季光がそなたを伴い、『えらい間違いを犯した。こたびのことはお許しあれ』と願わんでもない。話せ」

「村崎どの、そなたのご厚意に神守幹次郎、身が打ち震え、涙が流れるのを必死に耐えております る」

「ならば話せ」

「ただ今のところ話せませぬ。村崎どののご厚意だけ有難く頂戴致します」

「傲慢《ごうまん》にも有頂天《うちようてん》になっておるな。そのほうが吉原会所を放逐《ほうちく》されてもわしは知らぬぞ」

「致し方ございませぬ。身から出た錆《さび》は己の身で落とすしかございますまい。それにしても」

　と幹次郎はいったん言葉を切った。

「なんだ、申せ」

「この話、だれから訊き込みましたな」

「本日、素見か、西河岸はどこだ、そこへ大楼の新造がおるという話じゃが教えてくれぬか、とこのわしのところに訊きに来た者がおる」

「何者です」

「素見と言うたぞ、ふたり連れとしか言いようがない。お店《たな》の奉公人ではないな、力仕事かのう、顔が日に焼けておった」

「村崎どの、初めての客ですか」

「初めての客かどうか、一々覚えておられるか」

　と言った村崎同心が不意に黙り込んだ。

「会所の者は立ち番していなかったのでござるか」

「いや、あの金次なる生意気な若造らが立哨《りつしよう》しておったな」

「それにも拘《かか》わらず村崎どののもとへ尋ねに来ましたか」

「なんだ、わしのところに来て悪いか」

幹次郎はしばし村崎同心の顔を見た。

「村崎どのは町奉行所隠密廻り同心、威風《いふう》と申しますか貫録《かんろく》がございますでな、なかなか素見の連中がそなたのところには参るまいと思うたのでござる」

「それはそうじゃな。待てよ、どこかで見かけた顔かもしれぬが思い出せぬ」

「そやつらが参ったのはいつのことでございますな」

「九つ半（午後一時）時分かのう」

「大門を出ていきましたかな」

「おい、神守幹次郎、わしが尋ねておるのだ。最前からそなたがわしを取り調べているようではないか」

「辣腕《らつわん》の同心どのを取り調べるなど滅相もございませぬ。それがし、ただお尋ねしておるだけ。なにしろ村崎どのの目から逃れられる者などおりませぬからな」

「いかにもさよう」

と機嫌を直した村崎が無精髭の生えた顎《あご》に手を当てて考えていたが、

「いや、やつらは未だ大門を出ておらぬな」

と言った。

「有難きご返答、助かりました」

「で、わしの問いにはそなた、答えたか」

「最前きっちりと答えましたぞ。もうお忘れですか」

「そう、そうであったか。近ごろ物忘れが多くてな」

との村崎同心の言葉を半分聞き流した幹次郎は、仲之町から揚屋町へと向かい蜘蛛道に入り込んだ。

もう昼見世の始まった刻限だ。

だが、いつもの客の半分も廓内にはいなかった。このいつやむともしれぬ秋雨のせいだ。

豆腐屋の山屋の前を通った。

「文六どの、正三郎さんが昨日の豆腐、えらく喜んでおったぞ」

「神守様、今日の昼前、平箱を正三郎さん自らね、角樽《つのだる》を提げて戻しに見えてさ、深々と頭下げて礼を言われたぜ。あいつはよ、五十間道裏の建具《たてぐ》屋の三男坊だからさ、餓鬼のころから承知だ。まさか山口巴屋の婿に納まるとは夢にも思わなかったよ。だけど、考えてみれば、玉藻さんと似合いの夫婦だな」

と文六が言うところに女房のおなつが話に加わった。

「正三郎さんと玉藻さんを仲介したのは神守様だってね、いいことしなさったよ」

「文六どの、おなつさん、それがしはふたりの尻を軽く押しただけだ」

「いえ、その心遣いがどちらにも伝わったんですよ。吉原会所は神守の旦那なくしては夜も来ず、日も明けないわ」

「おなつさん、桜季のほうは皆さんの親切心が伝わったであろうか」

幹次郎は、いちばん気掛かりなことに話柄を変えた。

「他人はあれこれと言うよ。わたしゃね、神守様の気遣いを桜季さんが分かり始めたと思うよ、案じることはないよ」

とおなつが言った。

「しばらく宜しく頼む」

と願った幹次郎はふたたび蜘蛛道を抜けて天女池に出た。

大粒の雨が天女池の水面《みなも》を叩いていた。

(この雨はいつやむのか)

と考えながら幹次郎はしばらく雨の天女池を見ていた。

第四章　霖雨《りんう》の江戸

一

二日ほど無為《むい》の日があった。

この間も秋の雨は降り続いていた。

神守幹次郎は、雨のせいで水かさが増し、滔々《とうとう》と流れる山谷堀を見ながら、吉原に向かっていた。視界に入る土手八丁界隈はどこもじっとりと濡れそぼって、さらに雨が降り注いでいる。

そんなわけで吉原を訪ねる客は日々減っていた。

太夫が花魁道中《どうちゅう》をなして七軒《しちけん》茶屋の店先で仲之町張りする習わしもやめていた。

この日、幹次郎が足駄に番傘で大門を潜ると面番所には村崎同心の姿はなかった。

幹次郎は仲之町の奥、水道尻《すいどじり》が雨に霞む様子をしばし見て、

「これでは商いにならぬな」

と独り言を漏らした。

うすずみ庵の落成の宴は明後日に迫っていた。

柘榴の家を出る折り、

「この雨の中、皆様をお呼びしてよいものでございましょうか」

と麻が幹次郎に尋ねた。その場には汀女もいた。

「どうしたものかのう」

と応じた幹次郎は、

「どなたも楽しみにしておられる。わが家に参られる道中はいささか大変じゃが、雨の宴もまたよいものではなかろうか」

と麻にとも汀女にともつかず言った。

四郎兵衛にしろ三浦屋の四郎左衛門にしろ、また、伊勢亀半右衛門にしても、多忙な日々をこなす人ばかりだ。改めて別の日を設定するのはどうかと幹次郎は

考えたのだ。

「明日一日待ってみましょうか」

という汀女の言葉に、今のところ予定通りに宴は催すことにした。

吉原会所の腰高障子を引き開けると、番方たちが所在なく顔を揃えていた。火鉢に炭が赤々と燃えていた。老犬遠助も雨に濡れるのが嫌なのか、会所の隅に設けられた自分の居場所でじいっと丸まっていた。

「廓は事もなしかな」

「客がいないんだ、騒ぎも起こりようがないな」

番方の仙右衛門が幹次郎にうんざりした顔で答えた。

「廓じゅうが弔いのようだ。だれもがだんまりを決め込んでふてくされていまさあ」

小頭の長吉がふたりのやり取りに加わった。

「張見世だって冷たい風雨が吹き込む。衣装を濡らすのは嫌だってんで、張見世はがらんとしていやがる」

金次が言った。

幹次郎はそんな会所の衆の中に嶋村澄乃の姿がないことに気づいていた。

「澄乃は休みかな」

「いえ、最前まで姿がありましたよ。独りで見廻りに行きましたかねえ」

長吉が言った。

もし見廻りならば西河岸の初音のところに顔を出しているのだろうと思った。

「番方、かような長雨に思い当たるか」

幹次郎が問うた。

「廓を長く見てきたが、このような長雨は覚えがないですな。ともかく山谷堀の水位が土手道近くまで上がった覚えがない。本所《ほんじょ》深川はこっちよりひどいことになっていましょう。どこも表戸を開けて商売の構えを見せたところで客は来ねえ、うんざりだろうな」

「番方、おれ、今朝方隅田川《すみだがわ》（大川《おおかわ》）を覗いてきたんだ。恐ろしい勢いで茶色に濁った水が流れてやがった。橋だって流木なんぞが絡《から》まって押し流されそうな勢いだ。鳶《とび》の連中が警戒しているがね、あの水にはだれも手が出せないぜ」

金次が言った。

「隅田川の土手が決壊しないでほしいな」

幹次郎は応じ、

「それがし、濡れついでだ。廓内をひと廻りしてこよう」

「最前、わっしらもひと廻りしたがね、聞かされるのは雨の話ばかり、いつやむのかとどこでも訊かれるばかりだ。おれたちゃ、占い師じゃねえし、八卦見《はっけみ》でもねえ。この雨ばかりは天の神様に訊くしかねえや」

という番方の言葉に頷いて、幹次郎は跨いだばかりの戸口から仲之町に出ると、番傘を差して泥濘の伏見町に向かった。

伏見町はがらんとしていた。楼の中には昼見世が近いというのに、格子の内側から板戸を立てかけて風雨を防ぐ算段をしているところもあった。

たしかに商売どころではない、と幹次郎は思った。

伏見町から羅生門河岸に回った。

うずら格子の向こうから煙管を吹かす切見世女郎が黙然とどぶ板の路地を眺めていた。

「なんだい、客が姿を見せたと思ったら、会所のお侍か」

「客でなくて悪かったな。お互いこの雨には愛想も小想《こそ》も尽き果てたな」

「うちじゃ愛想より先に米が尽きたよ。といって、蜘蛛道の米屋には行けそうにもない。会所で炊き出しでもしてくれないかね」

花水木《はなみずき》という名の女郎が幹次郎に言った。

「炊き出しか。これ以上雨が続くとそれも考えねばなるまいな」

「ああ、そうしておくれな。炭もなければ油も切れた。あとは湿《しめ》った布団にくるまって寝ているだけだ」

「それも悪くない考えだ」

幹次郎が応じて先に進もうとすると、

「会所の旦那は妙な真似をしたってね」

と言い出した。

幹次郎はこの話の続きが想像できた。

花水木は格別になにか思惑《おもわく》があって、この話柄を持ち出したわけではなさそうだ。ただだれかと話したかっただけかもしれなかった。

「その話はそれがしには鬼門《きもん》でな。だれからも責められておる。できることならばやめてくれぬか」

「だろうね、えらい間違いを犯したよ」

花水木が煙管の雁首《がんくび》を煙草盆の灰吹きに叩きつけながら言い添えた。

「根性の曲がった女はさ、お侍がなにを考えたか知らないが死ぬまで変わらないと思うがね」

「となると、それがし、切腹しても済まぬな」

「よしておくれ。長雨でくさくさしているところだ、廓内で切腹なんてされて堪《たま》るものか」

「なんぞ知恵はないか、姐さん」

「姐さんなんて十何年ぶりに呼ばれたよ。わちきにもそんな時代があったね」

と感慨深そうに花水木が呟いた。

「だれにも若い時分はあるでな」

「お侍は人妻だった汀女先生の手を引いて逃げたってね、吉原でいえば足抜だ。えらいことをやりのけたもんだね」

「若さゆえできた無謀だな」

「それが今や吉原で足抜を取り締まる役目についている」

「時の流れでこうなった」

と答えた幹次郎が、

「最前の話じゃが、なんぞよき知恵はないか」

と繰り返し尋ねた。

「三浦屋の新造の話かえ。責めのために西河岸に落としたわけではあるまい」

「違うな。初音という女郎のところに同居させたのだ」

「なんでそんなことを考えなさった」

花水木が関心をそそられたか、尋ねた。

「思いつきだ」

「なんだって、思いつきで新造を地獄に落としたか」

花水木の口調が険しくなった。

幹次郎は話すしかないか、と思った。

「この廓の中に表通りもあれば裏見世もある。大籬から切見世まで楼の格は違っても、遊女一人ひとりが必死で生きていることに変わりはあるまい。そのことを桜季に知ってほしかったのだ、初音に教えてもらいたかったのだ」

「なんだって、妙なことを考えなすったね」

最前より穏やかな口調に戻した花水木が、

「男も知らない新造を泥水に浸けて引き上げたところで、もはや売り物にはなるまいに。だが、おまえさんはそうは考えていないようだね」

「姉の真似だけはしてほしくないのだ」

「そうかえ、天明の火事の折り、戻ってこなかった女郎のひとりがあの新造の姉だってねえ」

「そういうことだ。たしかにこの吉原の大門から遊女が大手を振って出ていく機会は少ない。だが、ないわけじゃない」

「ああ、お侍がやってのけた薄墨太夫の落籍話のようにさ、富籤《とみくじ》に当たったような話もまんざらないわけじゃない。だがさ、薄墨太夫は全盛を誇った太夫だからできたことだ。万にひとつの話だよ」

「いかにもさよう。だが、他にも夢を叶える者はいる」

「お侍、わちきのように朽《く》ち果てていくのが大半だよ。行きつく先は投込寺《なげこみでら》の無《む》縁墓《えんばか》だ」

「そうかもしれぬ。だが、夢を捨てて易《やす》きに走ってほしくないのだ」

幹次郎の言葉が花水木にどれだけ分かったのか。しばし沈黙して煙管を弄《いじ》っていた花水木が、

「初音姐さんとお侍の願いが叶うといいね」

と言った。

頷き返した幹次郎は、羅生門河岸の奥へと進んだ。

その刻限、嶋村澄乃は西河岸の初音の見世にいた。西河岸の切見世にも一軒として客はいなかった。

「客は来ないが若い女裏同心のご入来かえ」

と澄乃を初音が迎え、狭い土間に入った澄乃は尋ねた。

「桜季さんはいませんので」

「山屋から頂戴した食い物の器を返しに行かせたよ」

「桜季さんは山屋で働くのが好きなようですね」

「そりゃ、そうだ。一日じゅう切見世でふたりが暮らすのは大変だよ。ましてこの雨だ」

「それでも初音姐さんは神守様の願いを聞き届けられたのですね」

「吉原会所は、いや、吉原は神守様夫婦が来てから変わったよ。あの人の頼みを断わる女郎はいまい、裏がないからね」

初音の言葉に頷いた澄乃が、

「忘れるところだったわ」

と煙草を差し出した。

「なに、吉原会所の女裏同心は切見世の女郎に刻みを贈るほど給金をもらっているのかい」

「未だ給金は頂戴していません。見習いの字が取れるまで店賃はただ、三度三度を会所か長屋どちらかで食べるだけです」

「きびしいね。そんな女裏同心見習いが刻みをくれるってか」

「昨日、神守様に煙草を買って初音さんに届けるように言われていたのです」

「なに、神守の旦那からかい、頂戴しよう」

初音が嬉しそうに受け取った。

「茶を淹れよう、狭いところだが座りな」

としわがれ声で言った初音が、

「おまえさんも変わり者だね。吉原会所の女裏同心になりたいなんて」

「物心ついたときから剣術遣いの父から剣術を習ってきました。そのせいか女の習いごとより男の仕事が好きなのです」

「それにしても吉原で裏同心の見習いになることはあるまいに。勤めは面白いかね」

「はい」

初音が手際よく茶を淹れてくれた。

「初音姐さん、桜季さんですが見込みがありそうですか」

澄乃は桜季がいないこともあって思い切って尋ねてみた。

しばし間を置いて考えていた初音が、

「ここに連れてこられたときは、どうなるかと思ったよ。近ごろ少しだけ変わったような気がするがね」

「やはり」

「おまえさんも思うかえ」

「初音さんとの暮らし、それに山屋さんで過ごすときがあって、桜季さんがこれまでより明るくなったような気がします」

「山屋で、夜見世の間過ごさせてもらうのが息抜きになっているようだね。となると神守の旦那は、最初からあの新造を山屋に連れていけばいいってことじゃないかね」

初音の言葉を澄乃は吟味して、顔を横に振った。

「違うってかえ」

「私にもはっきりとは分かりません。桜季さんは吉原のただの奉公人ではありません。こちらに来る前は高尾太夫の新造のひとりでした。さらにその前は薄墨太夫の禿の小花《こはな》だった時代もありました。桜季さんが内心どう思われようと、吉原で遊女として生きていくしかないのです」

「そりゃ、そうだ。三浦屋は何十両という金子であの娘を購《あがな》ったんだからね。売られた先が大籬の三浦屋、それも全盛を誇る薄墨太夫の下で禿、最近まで高尾太夫の下で新造を務めていた」

「はい」

「それが一転、吉原のふきだまりに落とされた。なんの意味があるんだい、女裏同心さんよ」

「私は未だ見習いです」

と澄乃は訂正し、

「きっと神守幹次郎様の胸の中には未だ、桜季さんを三浦屋のお職に育て上げたいという願いがあるのだと思います」

「そのためにどぶ水の臭《にお》いがするふきだまりを経験させるってか」

「吉原のすべてを知ったとき、桜季さんの気持ちも変わるのではないでしょうか、私も近ごろそう思うようになりました」

「おまえさんも神守様も、やっぱり変わり者同士だね」

と初音が苦笑いした。

幹次郎は蜘蛛道の豆腐屋山屋に顔を出していた。

「神守様か、この雨をどうにかしてくれないか」

と文六が嘆《なげ》いた。

蜘蛛道に日が差し込むのは夏場でさえ一時だ。まして秋の長雨では蜘蛛道は薄暗く店の中も陰鬱《いんうつ》だった。

「こちらの商いも駄目でござるか」

「こう寒くちゃ、豆腐を食う気にもなりますまい。だれも雨の中、買いに来る者はいませんよ」

「表通りの五丁町も、いや、江戸じゅうがこの雨でくさくさしておる。どうにかしたいが、この陰雨《いんう》はどうにもならぬ」

「会所の裏同心の力をもってしても駄目ですかえ」

「かようなときは湯屋にでも行って体を温め、休めるのが利口であろう」

「湯屋ね、悪くないね」

「桜季は本日休みに致そうか。客が来ないではなんの役にも立つまい」

「神守様」

と奥からおなつの声がした。

「うちじゃ、桜季さんが来るのを楽しみにしている客もいるんですからね、休ませちゃ駄目ですよ」

「おお、こちらには桜季の常連がついたか」

と応じた幹次郎が、

「桜季の表情が明るくなったのではないか」

「わっしらもそう思います」

「となると山屋の功績大じゃな。気持ちが変われば、桜季はどのような売れっ子にもなれよう」

「神守様、下女奉公じゃございませんよ、官許《かんきょ》の吉原の女郎勤めはちょっとでも傷がついたら、もはやそれで終わりではございませんかな」

と長いこと吉原の遊女の浮き沈みを見てきた文六が言った。

「おまえさん、それは違うよ」

「どう違うんだよ、おなつ」

「桜季さんには神守幹次郎様が後見方でついてなさるんですよ。わたしゃこの話を聞いたとき、『ああ、なんてことを』と思いましたよ。だけど、近ごろなんとなくだけど、神守様が初音さんに預けた意味が分かったような気がしてね」

とおなつが幹次郎を見た。

「おかみさん。それがしにも自信はない。が、わが身をかけるしか方策はなかった。しばらく桜季を温かく見守ってくれぬか」

と願った幹次郎は天女池から西河岸に初音を訪ねてみようと足を向けた。

二

天女池の水位がいつもより上がっていた。お六地蔵が置かれた池の縁まで水面が届いていた。それに昼間だというのに吉原の中でぽっかりと空《あ》いて空まで見えるはずの一帯が暗く沈んでいた。

(降りやまぬ雨はない)

と思いながらも幹次郎の気持ちも塞いでいた。

池を挟んで蜘蛛道のひとつから人影が現われた。

嶋村澄乃だ。

幹次郎と澄乃はお六地蔵の前で会った。

「見廻りご苦労じゃな」

「神守様は山屋に立ち寄ってこられましたか」

「文六どのとおかみさんと少しばかり話してきた。おなつさんは桜季はきっと変わると言うておられた」

「初音さんは未だ疑いの眼差しでした」

その言葉に頷いた幹次郎は、

「そう容易くはいくまい。で、当人はどうしておった」

と澄乃に応じ、この雨の中、狭い切見世で過ごす桜季のことを案じた。

「えっ」

と澄乃が驚きの声を漏らした。

「どうしたな」

「神守様は、山屋に立ち寄ってこられたのですよね」

「山屋夫婦と話してきたと言うたではないか」

幹次郎の返答に澄乃が一瞬黙り込んで、思案した。それを見た幹次郎が尋ね返した。

「桜季は西河岸におらぬのだな」

「初音さんは、山屋からいただいた菜の器を桜季さんに返しに行かせたと言うておられました」

「澄乃、山屋に桜季が訪れた様子はなかった」

幹次郎と澄乃が顔を黙って見合わせた。

「桜季さんは、西河岸にも山屋にもいないということですか」

幹次郎は頷き、あれこれと考えが頭の中に渦巻いた。そして、最後に、

「足抜」

という言葉が浮かんだ。

幹次郎の懐には何通目かの麻の文があった。

「神守様、それは絶対にございません」

と澄乃が幹次郎の考えを読んだように言った。

「桜季さんは、さようなことをすれば自滅するのだともはや承知しておられました。なにより言葉にはしませんでしたが、神守様の信頼に応えようとしておりました」

「姉の小紫の一件を理解し、乗り越えたというのか」

「姉様がなした行為はしてはならぬことだと分かっておられました」

「ならばどうして」

と言いながら幹次郎の視線が野地蔵にいった。

濡れそぼったお六地蔵の前に空《から》の丼《どんぶり》があった。

「もしや山屋さんのところの丼では」

幹次郎の視線に気づいた澄乃が空の丼を見て言った。

「桜季はこの野地蔵の前に立ち寄ったことになる」

澄乃が器を摑むと、

「山屋で確かめてきます」

と言った。

「それがしも行こう」

ふたりして山屋のある蜘蛛道に入っていった。

相変わらず蜘蛛道は暗く、雨が降り込んで陰鬱だった。

「おや、また来なさったか」

と手持ち無沙汰《ぶさた》の顔で蜘蛛道を眺めていた文六が尋ねた。

「本日桜季は姿を見せておらぬと最前申したな、文六どの」

「だって夜見世の間だけの約定だろ」

と文六が応じて澄乃が手にした器を見た。

「これはこちらの丼にございますね」

澄乃の問いに、おっ母、と奥に向かって文六が呼んだ。

「どうしたえ」

と店に出てきたおなつは糠味噌《ぬか》でもかき混ぜていたか、手が糠で汚れていた。

「おかみさん、昨夜も初音さんに菜を届けさせませんでしたか。この丼を桜季さんに持たせたのでございますか」

おなつが澄乃の差し出す器を見て、

「ああ、そうだけど」

と答えた。

幹次郎と澄乃は黙り込んだ。

「なにがあったんだよ、神守の旦那よ」

澄乃が要領よく文六の問いに答えた。

「えっ、西河岸に桜季さんはいないのかえ」

「ええ、初音姐さんは丼を桜季さんに」

「返しに来させたというのか。ならばその丼、どこにあったんだ」

文六と澄乃のふたりが掛け合って話をし、最後に文六が尋ね、

「お六地蔵の前に置かれていました」

と澄乃が答えた。

「初音さんがうちに丼を返しに来させたのはいつのことだろうね」

おなつが自問するように言った。

「刻限は聞いていませんが、初音姐さんの話の様子だと半刻前、いや、ひょっとしたら一刻《いっとき》（二時間）以上前かもしれません」

四人は黙り込んだ。

そんな様子を山屋のたったひとりの奉公人、勝造が桶《おけ》の水に浸けた大豆を洗いながら聞いていた。

「神守の旦那、おまえさんがなにを考えているか知らないがさ、桜季さんはもう吉原を裏切る真似は絶対しないよ」

おなつが叫んだ。足抜を企てる真似はしないと言っているのだと、幹次郎も澄乃も理解した。

「西河岸からこちらまで遠くはない。丼が野地蔵の前に置かれていたということは、桜季は天女池まで来たということだ」

幹次郎の言葉に澄乃が頷き、

「なにが起こったんだよ」

と文六が言った。

幹次郎は澄乃に、今一度初音のところに行って桜季が戻っておらぬか確かめてくれ、と命じた。

「畏まりました」

丼をおなつに渡した澄乃が蜘蛛道を戻っていった。

「神守様よ、桜季さんはよ、間違っても姉の真似はしないって」

文六も幹次郎を説得するように言った。

「分かっておる」

と答えた幹次郎の胸の中になにかざわつく気持ちがあった。だが、それがどこから来るのか、だれが話した言葉によるものか分からなかった。

「どうやら天女池で事が起こったようだ。近ごろ桜季を見に来る素見が結構いたというからな」

「素見が桜季さんに悪さを仕掛けたというのか。ここは御免色里の中だぜ。桜季さんをどこでどうしようというんだよ。だいいち大門の外には連れ出せめえ」

「それはない」

と幹次郎が言い切った。

吉原会所の目が光る大門から女を連れ出すなんて芸当は、そうそう容易くできることではない。

「ふらふら雨の廓の中を歩き回っているかね」

「いや、五丁町に入ってはならぬと桜季に厳しく命じてある。桜季がいるとしたら揚屋町裏の蜘蛛道、つまりはこの界隈だ」

幹次郎が言ったところに澄乃が小走りに戻ってきた。つぼめた傘のせいで澄乃の肩が濡れていた。

「初音さんのところには戻っていません」

「初音はなんと言った」

「言下に、桜季はもはや足抜なんて馬鹿な真似はしないと神守様に伝えてくれと言われました」

この場にいるだれもがそう思っていた。だが、吉原の大半はそうは思うまいということも推量がついた。

「澄乃、会所に戻ろう」

と幹次郎が言ったとき、大豆を洗っていた勝造が、

「あのう」

と言い出した。

幹次郎が山屋ただひとりの奉公人の顔を改めて見ると、勝造はまだ十八、九歳と若かった。

「どうした、勝造、気になることがあるならば神守様方に申し上げるんだ」

「昨晩のことです。帰り際、おれが蜘蛛道の出口まで見送っていったでしょ。手に丼持って蜘蛛道で傘を差すのは難しいからね」

「ああ、おれが命じたな。それがどうした」

「親方、桜季さんが、不意に言ったんです」

「桜季さんがおまえになんと言ったって」

と文六が質した。

「勝造さん、この二、三日、私、だれかに見張られている気がする」

「だれかってだれだい。蜘蛛道の住人はみな知り合いだよ。およそ隠しごとなんてできないぜ」

「違う、廓の人じゃないの」

「だれだい」

勝造の問いに桜季が顔を横に振り、

「分からない。でも、たしかに見張られているの」

「まさか会所じゃないよな」

勝造の言葉に桜季には迷ったように間があり、

「神守様方が私を信じてないとしても、こんな見張り方はしないと思う」

と言った。

「おれが西河岸まで送っていくよ」

「大丈夫よ。なにかあったら大声を上げるから」

と言った桜季が野菜の煮物を入れた丼を片手に抱え、勝造から傘を受け取ると西河岸へ通じる蜘蛛道に駆け出していった。

「それだけなんだ」

と勝造が皆を見た。

「見張られているのはこの二、三日、と言ったんだな」

「ああ、神守様、そう言ったよ、桜季さんが。ありゃ、嘘なんかじゃない、怯《おび》えていたもの」

と言った。

「よし、会所に戻り、四郎兵衛様に報告した上で桜季を探す」

と言い残した幹次郎と澄乃が山屋を飛び出していった。

会所には見廻りから戻った番方たちがいた。

「番方、いっしょに七代目と会ってくれぬか」

と願うと仙右衛門が険しい幹次郎の顔を見て、

「なにかありましたか」

と応じながら幹次郎に従った。

四郎兵衛の御用部屋には艾《もぐさ》の香りがしていた。最前まで鍼灸治療を受けていたのか。

「どうしなさった」

四郎兵衛が幹次郎を見た。

「申し上げます」

と前置きした幹次郎は桜季が消えた経緯を詳しく報告した。

「また足抜を企みやがったか」

と話を聞いた仙右衛門が幹次郎を見て即座に言った。

「番方の気持ちは分からんではない。じゃが、それがしも澄乃も、山屋の夫婦も初音もそうは考えておらぬ」

「神守様よ、桜季を信用しろっておっしゃるんで」

しばし沈黙していた幹次郎が首肯した。その上で、

「もし間違いなれば、こたびの出来事の責めはこの神守幹次郎にある。どのような処罰も受けよう。じゃが、ただ今は山屋の奉公人勝造に桜季が漏らした『この二、三日だれかに見張られている気がする』という言葉を信じたい」

「なに、桜季は勾引《かどわか》されたというのか。だけどよ、大門の外には桜季を連れ出せないぜ。おれたちの目が光っているからな」

「ゆえに桜季を勾引した者がいるとしたら、未だ蜘蛛道のどこかに隠れ潜んでいるはずだ」

「ならば虱《しらみ》潰しに揚屋町裏の蜘蛛道を探すさ、そうすれば白黒の決着がつこうというもんじゃないか」

仙右衛門は未だ桜季の足抜に拘《こだわ》っているようだ、と思った。

幹次郎は最前から無言を保っている四郎兵衛を見た。

「番方、天女池界隈の蜘蛛道を調べなされ」

四郎兵衛が命じたとき、引手茶屋山口巴屋へと繋がる隠し戸が引かれた音がして、

「お父つぁん、神守様、いらっしゃる」

と言いながら玉藻が姿を見せた。

「こちらにおられる。急用か、玉藻」

「うちに三浦屋の遣手《やりて》のおかねさんが見えているの。四郎左衛門様が急ぎ神守様に会いたいそうよ」

幹次郎が四郎兵衛を見た。

「最前からの話と関わりがございますかな」

「なんとも申せません。ですが、四郎左衛門様がおかねさんを使いに立てる以上、急用かと存じまする」

首肯した四郎兵衛が、

「番方らを動かすのは、三浦屋の用事が分かったあとでようございますな」

「それがよかろうと思います」

と返事をした幹次郎は津田近江守助直を手に隠し戸から引手茶屋山口巴屋に向かった。

おかねは幹次郎を引手茶屋や妓楼の帳場《ちょうば》や台所を抜けて、仲之町も五丁町も通らずに三浦屋の裏口に案内していこうとしていた。

幹次郎らが蜘蛛道を使いこなすように、老練な遣手のおかねは、女ならではのやり方で廓の外の者には知られずに三浦屋に幹次郎を導いたのだ。

「神守の旦那、ここからはおまえ様ひとりだよ」

とおかねが言った。

三浦屋の内証では四郎左衛門が憮然《ぶぜん》とした顔で独り幹次郎を待っていた。

「お呼びだそうで」

四郎左衛門が幹次郎の顔を正視し、

「神守様、お呼び立てした理由に心当たりございますかな」

と質した。

幹次郎はしばし間を置いた。

「もしや西河岸に預けた新造桜季と関わりがございますか」

「ほう、承知でしたか」

幹次郎は最前からの経緯を四郎左衛門に述べた。

「迂闊でしたな」

四郎左衛門が言った。

桜季を山屋に預けたのが迂闊というのか、桜季を警固し切れなかった幹次郎が迂闊と言ったのか、いずれにせよ幹次郎は己への責めとして受け止めた。

「四郎左衛門様、お叱りの言葉は事が終わった折りに存分にお受け致します。ただ今はそれがしを呼び出された経緯をお聞かせ願えませぬか」

と幹次郎は願った。

「桜季は何者かに勾引されておるようです。金子五百両を丸腰のそなたと加門麻様に持たせて、今晩四つ半の刻限、浅草寺本堂前に来い、と。無事に五百両がやつらの手に渡ったならば、桜季を天女池にて解き放つそうな」

「ほう、桜季を勾引したのは金子目的にございますか」

「とばかりはいえますまい。というのも、金子の運び方になぜ薄墨太夫だった加門麻様を指名したのでございましょうな」

「加門麻になにをなそうというのです」

「いえ、まず神守幹次郎を吉原から引き離すことに眼目《がんもく》があろうかと存じます。五百両を手にしたあと、丸腰のそなたと加門麻様を無事に戻すかどうか、どうしたものでしょうな」


四郎左衛門が幹次郎の覚悟を確かめるように顔を凝視した。

「四郎左衛門様、桜季を勾引されたのはそれがしの落ち度、ゆえに麻といっしょに浅草寺に参ります。とはいえ、新造の身代金に五百両はいささか高《たこ》うございます。それに桜季を西河岸に落としたときから、桜季の値はなきも同然にございましょう。三浦屋さんは黙って、こたびの騒ぎの結末を見ておられる一法もございます」

「身代金の五百両を用意しないとなれば、桜季を見殺しにするのも同然ですな。こやつども、三浦屋の看板に傷をつけよう、私どもの気持ちを探ろうという魂胆ですぞ」

「四郎左衛門様、いかにもさようでござる」

昼見世の間、四郎左衛門と幹次郎の話は長くなった。

三浦屋の帰り、仲之町の雨の中を歩きながら幹次郎はなにか大事なことを見落としているような気がしていた。だが、それが思い浮かばなかった。

手に提げた五百両の重みを感じながら、ただ黙々と歩を進めていた。

ふと大門を見ると昼見世が終わったばかりというのにまるで夜見世が終わったようで、辺りは暗かった。そして、帰り仕度の隠密廻り同心村崎季光が面番所から出てきたのに目を留めた。

その瞬間、胸の中の懸念を思い出していた。

三

幹次郎は面番所の村崎季光同心の前に立った。

「なんだ、疲れた顔をしておるな」

「村崎どの、そなたに尋ねたいことがござる」

「なんだ。長話はいかんぞ。この何日も降り続く秋雨にくさくさしておるのだ。客も来るまい。かようなときは吉原も休みにすればよかろう。そう、五丁町の町名主に相談してはどうだ」

と村崎同心が平然とした顔で無責任なことを言った。

「さようなことはようござる。何日前であったか、ふたり組の素見が村崎どのに西河岸におる桜季のことを尋ねたことがありましたな」

「あった。それがどうした」

「あの者たちとはその後、会うてはおりませんな」

「見かけぬな」

「ですが、そなた、ふたりのうちのひとりが見知った者のようなことを申されませんでしたか」

「さようなことを申したかのう」

無精髭の顎を撫でながら、それがどうした、という顔をした。

「どこで見かけられたか、思い出せませぬか」

「なに、さようなことを思い出せと申すか。わしはこれから雨の中、八丁堀に帰るところだぞ」

「村崎どの、先日会所から掏摸どもを引き渡されましたな。この一件、いささか面番所の手柄になった、つまりは村崎どのの勲《いさお》しですな。向後もあのような関わりを続けていきたい所存ならば、思い出してくだされ」

うーむ、と形ばかり考えるふりをしていたが、

「わしは些細《ささい》なことは直ぐに忘れる性質《たち》でな、無理じゃな」

と幹次郎を押しのけて大門に行きかけた村崎同心が、

「おお、思い出した。あやつらのうち、ひとりはな、世間に面倒をかけた野郎だ。わしが偶さか牢《ろう》屋敷を訪ねる折りがあってな、あやつが百敲《たた》きを受けておるのを見かけた。背中に般若《はんにゃ》の彫《ほ》り物があったからな、覚えておった」

「いつのことです」

「半月前かのう。名は彫り物から般若の達三《たつぞう》と呼ばれる男だそうだ」

「助かりました」

幹次郎はその足で会所に向かった。

「なんだ、礼もなしか」

「礼は過日の掏摸の三人で支払ってございます」

と言った幹次郎は会所の腰高障子に手を掛けた。その背に村崎同心の舌打ちが聞こえた。

会所では番方以下が幹次郎の帰りを待っていた。

幹次郎は澄乃に、

「あとで付き合ってもらう。見廻りに行かずに待っていてくれぬか」

と願った。その上で、

「番方、四郎兵衛様といっしょに話を聞いてくれぬか」

と頼むと助直を腰から抜いた。

幹次郎は三浦屋に投げ込まれたという文について、四郎兵衛と仙右衛門に事細かに語り、預かってきた文をふたりに見せた。ふたりの顔が険しくなった。

「ひどい字だな」

仙右衛門が言った。

間違いだらけの書面は、正体を隠すためにわざと下手な文字を連ねたものかと、幹次郎は三浦屋で見せられたとき思った。だが、今はかような文しか書けない者の仕業と考えていた。

「桜季は金目当てに捉《つら》まえられたというのか」

仙右衛門が言い、さらに口を開きかけたが、突然言葉を喉の奥に押し込んだ。

「こりゃ、吉原会所を敵に回して、身代金五百両を三浦屋に本気で出させるつもりですかな」

と言う四郎兵衛の目が幹次郎の傍らの風呂敷包みにいった。

「四郎左衛門様からお借りしてきたものです」

「神守様よ、相手に心当たりはあるのか」

「ただ今のところ、しかとした心当たりはない。桜季はもはや足抜など考えていなかった。そんな桜季を捉まえて、大門から連れ出すのは無理であろうな」

「この長雨だ、客足が途絶えているのだ。そんな折り、大門から女郎ひとりを外へ連れ出すのはとてもじゃないができない算段だ」

と番方が言った。

座にしばし沈黙があって、仙右衛門が、

「桜季は廓内に留められているということになりますな。最前、天女池界隈を探したがだれも桜季を見た者はいなかった。この雨だ、だれも表になど注意を向けていません。ともかくこうなったら、もう一度あの界隈を念入りに当たるしかありますまい」

「あやつらの文の内容を信じれば、浅草寺本堂前でそれがしが身代金を渡せば、奴らの一味が花火を打ち上げるそうだ。そうすると天女池で桜季の身柄を解き放つと言うておる。信じてよかろうか」

「神守様よ、丸腰の上に足手まといの麻様を連れて抗うことはできますまい。五百両を渡した途端、花火が打ち上げられると、桜季は始末されて天女池界隈の蜘蛛道のどこかに骸《むくろ》を曝すなんてことになりませんかえ。神守様と麻様も危ないですぜ」

仙右衛門の言葉に幹次郎が頷いた。

しばし三者三様の沈黙があり、考えた。

「敵方は、神守様をなんとしても廓から外に遠ざけておきたいようですな。この勾引し騒ぎには身代金もさることながら別の狙いがあるのかもしれませんぞ」

とまず四郎兵衛が考えを述べ、

「どういうことです、七代目」

仙右衛門が質した。

「番方、神守幹次郎というお方の存在が煩《わずら》わしい連中が身代金欲しさの勾引しを仕組んだとしたら」

「四郎兵衛様、一体だれですね、そんなことを考える野郎は」

しばし間があって四郎兵衛が言った。

「たとえばですよ。ただ今浅草御蔵前通りでは先代伊勢亀の次の筆頭行司相続で泥仕合の最中でしてな。番方、ここだけの話としてそなたの胸に仕舞っておいてくだされよ」

と釘を刺した四郎兵衛が語を継いだ。

「神守様は、当代の伊勢亀半右衛門様の後見方を引き受けておられるのだ。このことを快く思わぬ札差連中が桜季の話を訊き込んで、かような筋書きを企てたということも考えられないではありますまい。神守様を失態に追い込み、会所から追い出せば都合がよい御仁が、この界隈に結構おられましょうからな」

この言葉に幹次郎が驚いた。

こたびの勾引しと札差筆頭行司選びが結びつくとは考えもしなかったからだ。

一方仙右衛門は、幹次郎の顔をしげしげと見て、

「神守様は手広いな。そりゃ、いくつ体があっても足りませんぜ」

と皮肉を言った。

「番方、四郎兵衛様が申されたことは思いつかれた話ゆえ、いささか考えが飛躍しておる。まずそれはあるまいと思う」

と幹次郎は否定した。

「伊勢亀の後見方というのも思いつきと申されますか」

「ときに話を聞く程度のことだ」

と言った幹次郎は、

「今晩吉原会所のわれらはふたつに分かれさせられる。そこで相談がある」

と仙右衛門の顔を見ながら言葉を継いだ。

仙右衛門が幹次郎を強く見やり、

「話してくだせえ」

と言った。

幹次郎の話は半刻余り続いた。

夜見世前、雨がそぼ降る中、菅笠《すげがさ》に傘を差し、足駄を履いた神守幹次郎と嶋村澄乃のふたりが大門を出て、五十間道から衣紋坂へと上がっていった。その幹次郎の片手には風呂敷包みが提げられていた。そして、ふたりは柘榴の家に戻り、加門麻に迎えられた。

一方、吉原会所の若い衆が総動員されて改めて天女池界隈で桜季の探索が始まった。

南町奉行所定町廻り同心桑平市松は八丁堀の役宅に戻った。とはいえ、下女がいるだけで子供ふたりは、女房が療養する小梅村の庵に泊まりがけで行っていた。

屋敷にはだれも待っている者はいなかった。

だが、冠木門《かぶきもん》の前に蓑《みの》を着て笠を被った男が桑平市松を待ち受けていた。

「何者だ」

「お知恵をお借りしたい」

という声を桑平は承知していた。

しばし相手を凝視していた桑平が、

「その形になったには曰くがあるのだな。知恵とはなにかな」

「半月ほど前、牢屋敷門前で百敲きの刑罰を受けた般若の達三なる者の身許を知りたい、できることなればその行方を突き止めたい」

「急ぎだな」

相手が頷いた。

「ならばこの足で参ろうか」

と桑平市松がわが屋敷の門前から引き返しながら、

「事情を話してくれぬか」

と願った。

五つ半（午後九時）の刻限、雨がそぼ降る中、ふたりの着流し姿の浪人者が吉原会所に入っていった。ふたりして顔を手拭いで覆い、一文字笠で頭を雨から避けていた。

「客人、なんの用事だね」

とひとりだけいた小頭の長吉がふたりの訪問者に訊いた。

一文字笠の縁から、

ぽたりぽたり

と水滴が落ちて、土間の隅に寝ていた遠助がのろのろと顔を上げて、ひとりを見た。そして、うおんとひと声吠えた。

「分かったか、遠助」

その声に長吉が驚いて訪問者のひとりを見た。

「小頭、天女池傍に床屋があるそうだな」

「よし床《とこ》ですかえ。親父の代まではなかなか繁盛《はんじょう》した床屋でしたがね、倅の角次《かくじ》はいけませんや。博奕《ばくち》に取りつかれて賭けごと三昧《ざんまい》、親父から勘当《かんどう》を受けた。

それでも子は可愛いのかね、親父が六、七年前ぽっくりと死ぬと、お袋が角次を呼び戻して、親父の跡を継がせた。なあにね、餓鬼のころから剃刀《かみそり》を持たされて髭剃《ひげそ》りや髪結《かみゆい》の真似をさせられていたから、なんとか形ばかりはできるんだ。お袋さんも髪結はできたから死んだ亭主の穴を埋めていた。ためによし床は細々ながらもっていた。

二年前か、大火事の仮宅から戻ったあと、天女池の元の場所に小さいながら二階家を建てた途端にお袋も亡くなった。角次だけになったよし床がうまくやれるわけもねえ。で、元の木阿弥《もくあみ》で賭場《とば》に出入りして、よし床は賭場の胴元《どうもと》に押さえられているって話も流れましたが真偽は分かりませんや、それがどうかしましたかえ」

長吉が顔を隠したままの着流しのひとり、神守幹次郎に訊いた。だが、もうひとりの正体が知れなかった。一見同心のようであったが、巻《まき》羽織ではなく長羽織を羽織って野暮ったい姿だ。

「天女池界隈に桜季は未だ見つかってないんだな」

幹次郎は長吉に念押しした。

「どこにも当たりはねえんで」

「よし床も調べたな」

「何日か前、角次がふらりと帰ってきて、店開きしましたからね、調べましたよ。腕はねえ、店は開けたり閉めたり、蜘蛛道の住人も呆れ果てて寄りつきませんや。むろん店の中も二階の住まいも見せてもらいましたがね、女っ気は全くございませんでしたぜ、神守様」

と長吉が言った。

「小頭、若い衆は天女池近辺にいるな」

「へえ、桜季の探索を続けていまさあ」

と言った長吉が、

「ああ、そうだ。あの大火事のあと、よし床をさ、再建するとき、土台をしっかりとさせて、大事な物が火に燃えないように内蔵を造ったと噂を聞きましたがね。でもさ、そんな蔵なんてどこにもなかったな」

蔵か、と幹次郎は思った。そして、吉原会所に備えてある道具のひとつ、木刀を手にした。

「よし、遠助、手伝ってくれぬか。そなたも桜季の行方を知りたいであろう」

と幹次郎が声をかけ、会所の裏口からもうひとりの正体の知れない長羽織の男

に、

「桑平どの、願いましょうか」

と誘いかけた。長吉は、

（ああそうか、神守様は、南町の定町廻り同心の桑平市松様に助けを求めたか）

と思った。

「この廓内では裏同心どのの陰の助っ人で押し通す」

と答えた桑平の前帯のところから十手《じって》の房が覗いているのを長吉は見た。

「神守様、わっしも行きますかえ」

「いや、そなたは本陣の会所に詰めていてもらおう。時はもはや一刻とない。この一刻足らずが勝負だ」

と言い残した幹次郎は遠助を連れて会所の裏口から蜘蛛道に出ると、引手茶屋山口巴屋の台所に入り、正三郎から小出刃《こでば》を一本借り受けて前帯に挟むと、桑平とともに天女池へと向かった。

うねうねと続く蜘蛛道に雨がしとしとと降り続いていた。

桑平市松が驚きの声を漏らした。

「五丁町の裏手にかような路地が続いておるのか」

「この路地を会所では蜘蛛道と称していますがな、すべての蜘蛛道を繋ぐと何里《り》になるか、だれも知りますまい。この蜘蛛道を熟知して初めて会所の奉公人は一人前なのです」

「わしには窺い知れぬ吉原の一面だな」

幹次郎の後ろを遠助がとぼとぼと従っていた。そして、その後ろから桑平市松がついてきた。

「般若の達三がよし床の角次と博奕仲間とはな」

と桑平が呟いた。

「だが、こたびの騒ぎ、般若の達三や角次の考えたことじゃない。般若らが出入りしていた浅草寺門前町の賭場の胴元、田原町《たわらまち》の親分こと池上《いけがみ》の甚五郎《じんごろう》が一枚嚙んで、その背後に大物が間違いなく控えていますな。こいつは、うまくしないと大火傷《おおやけど》を負う」

「そいつばかりは勘弁してほしい」

と桑平が答えたとき、ふたりと犬一匹は蜘蛛道と西河岸を使い、揚屋町裏の天女池に出ていた。

桑平市松の足が止まった。

「なんと、吉原にかような場所があるのか。噂には聞いていたがお目にかかるのは初めてのことだ」

雨のそぼ降る天女池は、五丁町の灯りがこぼれていたからなんとか見分けられた。

「吉原の遊女衆や住人たちにとって、救いの地がこの天女池なのだ、桑平どの」

ふたりと一匹は野地蔵の前に立ち、幹次郎がその曰くを桑平に話した。

「こたびの騒ぎの大元は桜季が爺様とふたりして結城からこの野地蔵を持ち込んだときから始まったことになるんだな、神守の旦那」

桑平が南町奉行所定町廻り同心の伝法《でんぽう》な口調で言った。

「あるいは大火事の最中、桜季の姉の小紫が足抜したときから事が始まったか。なんにしても、この一連の騒ぎはこの天女池で収めたい」

と幹次郎が言ったとき、天女池のあちらこちらから黒い影が集まってきた。その面々に緊迫の様子があった。

「それがしだ」

との幹次郎の声に黒い影の面々が緊張を解いた。

「なにか手掛かりがございましたかえ」

金次の声が訊き、

「最後の頼みの綱だ。よし床に押し入る」

と幹次郎が答えた。

「よし床に桜季が閉じ込められていますか」

「金次、数日前、般若の達三という者とその仲間のひとりが面番所の村崎同心に西河岸はどっちだ、と訊いたそうな。そやつら、よし床の角次の博奕仲間だ。だが、桜季を人質に取って五百両の大金を三浦屋から脅し取ろうという絵図面を描いたのは、別の人物だ。ともかくよし床に般若の達三がいれば、桜季もどこかに隠されているはずだ」

幹次郎の頭の中にひとつの景色が浮かんでいた。

「金次、よし床に裏口があるか」

「よし床は天女池に面した角地だ。むろんありますぜ」

「裏口をそなたらが固めよ。われらふたりと遠助は表から入り込む」

と言った。

二手に分かれてよし床へと忍び寄った。

刻限は四つ前か。

桜季を助け出す最後の機会だ。幹次郎は桑平の調べに基づいての己の推量が当たっていることを神仏に願った。

雨は小降りになっていた。

四

幹次郎は木刀を手に「よし床」と書かれた腰高障子の前に立った。

足元に遠助がいた。のそのそと緩慢に動いていた遠助の態度がよし床に近づくと明らかに変わった。そぼ降る雨に鼻を突き出して、なにかを嗅《か》ぎ分けようとしていた。だが、老犬の嗅覚は衰《おとろ》え、この数日雨が降り続いていた。

遠助が桜季のにおいを嗅ぎ分けるには最悪の条件が揃っていた。その上、よし床の中から、七輪《しちりん》で魚でも焼いているようなにおいが雨の表まで漂ってきた。桜季がこのよし床に連れ込まれているとしても魚を焼くにおいに紛れているだろう。

幹次郎の後ろには桑平市松がいた。

「角次さん、会所の神守だ。ちと頼みがある」

よし床の腰高障子の前に立った幹次郎は丁重《ていちょう》に願った。

明らかによし床の内部に緊張が走った。

「開けてくれ。ただ尋ねたいことがあるだけだ」

幹次郎の言葉はあくまで丁重だ。

店の中で人が動く様子があって物が動かされるような音もした。さらに梯子段《はしごだん》を上がるような軋《きし》む音がした。

「外は雨じゃ、軒下で濡れるのは堪らん。この界隈の住人を虱潰しに訊いて回っているのだ。頼む」

と幹次郎が繰り返すと、ようやく心張《しんば》り棒が外された気配がして、腰高障子が引き開けられた。そして、鰯《いわし》を焼く煙と香ばしいにおいが流れてきて幹次郎の鼻孔《びこう》をついた。

「おお、そなたがよし床の主か。それがし、吉原に長いこと世話になりながら、天女池の一角に床屋があるなど知らなかった。ふだん動き回る路地は、なんとなく定まっておるものでのう」

と渋団扇《しぶうちわ》を手にした大男に言った。

角次は行灯を背にしていたために顔の表情は幹次郎には見分けられなかったが、

その五体に緊張が見えた。

「すまぬな、夕餉か。遅いではないか、かような長雨では髪結床も客が少なかろう」

幹次郎が床屋の内部に入るのを阻止《そし》するように立ち塞がる角次の足元を擦《す》り抜けた遠助がよし床に入り込み、雨に濡れた体をぶるぶると震わせた。

「な、なんだ、この犬はよ、店の中が濡れるじゃないか」

角次が遠助の動きについ振り向いた。ためにわずかな隙間が生じた。

幹次郎は角次の巨体を押しのけてよし床に入り込んだ。

行灯の灯りに店の内部が見えた。

奥行きはなさそうだが、横に長い髪結床の土間に七輪が置かれて、鰯が焼かれていた。久しく客がなかったことは歴然としていた。

七輪の網に載せられた鰯は五尾もあって、土間に置かれた皿にまだ何尾もの鰯があった。また店の小上がりに貧乏徳利と茶碗が三つ置かれていた。

「夕餉の菜か。そなたひとりが食するにしてはなかなかの量の鰯じゃな。だれぞ仲間がおるのかな」

「そ、そんなのいねえよ。おりゃ、体が大きいからよ、大食らいなんだよ。用件はなんだ、裏同心の旦那」

角次がよし床に入り込んだ幹次郎を睨んだ。

「うむ、大した用事ではない。刻限が早ければ髭を剃ってもらいたいところじゃが、かような刻限では頼みにくいな」

「じょ、冗談はよしてくれ」

角次が激した口調で幹次郎に食ってかかった。だが、その様子には怯えが感じられた。

のそり、と桑平市松が入ってきた。すでに頭の被り物は取って素顔が見えた。

「おまえさんはなんだ」

桑平は黙ったまま前帯に差し込んだ十手の房のついた柄《え》を長羽織を手繰《たぐ》ってちらりと見せた。

ごくり、と音を立てて角次が唾を呑み込んだ。

幹次郎はよし床の店部分を見回した。二階に上がる階段はどこにも見えなかった。遠助は鰯を焼く七輪から離れて三和土を嗅ぎ回っていた。

「この家には二階があるそうだな。梯子段で上り下りするのかな」

「ええ、まあ。店には寝られないからね」

「上がらせてもらおう」

「えっ、だって金次さんらがよ、調べていったぜ」

「なあに、どこの家にも念を入れているところだ」

と幹次郎が答え、

「梯子段を下ろしな」

と桑平同心が伝法な口調で命じた。

「ダチがいるんだがね」

「なに、仲間が二階にいるのか。鰯はひとりで食うと言ったな。まあ、それはいいとして、そのダチに会ってみようじゃないか」

桑平同心に問いつめられた角次が店の隅に行き、

「おい、松吉《まつきち》兄い、ちょいと、梯子段を下ろしてくんな」

と願った。

しばし間があって、店の隅の天井板が三尺四方ほど開かれ、梯子段が下りてきた。

「仲間に下りてきてもらいな」

「なんだよ、おれたちがなにしたというんだよ」

角次は抗ったが、桑平の険しい顔に、

「兄い、頼まあ」

と願った。するとしぶしぶ松吉兄いと呼ばれた男が下りてきた。

「どこかで見かけた面だな、一度や二度、奉行所の世話になったな、松吉さんよ」

桑平が松吉を睨んだ。

「そうそう、てめえは百敲きに遭った般若の達三の仲間じゃなかったか」

角次が身震いしたのを幹次郎も桑平も見ていた。

「そ、そんな男は知らねえよ」

「いや、そうだ。おりゃ、一度見た悪《わる》の顔は忘れねえんだ」

と答える桑平をよそに幹次郎は、梯子段を上って二階に姿を消した。

有明行灯の灯りに敷きっぱなしの寝床が見えた。この二階で角次と松吉は交替で寝ているのか。

二階の窓は閉じられていたが、幹次郎が雨戸を薄く開けて外を覗くと天女池が見えた。それに対岸には老桜《おいざくら》と、お六地蔵まで見えた。天女池を見張るにはなんともよい場所によし床はあった。

だが、桜季の捕らわれている気配はどこにもない。

幹次郎は、夜雨の降り続く天女池に眼差しを預けながら思案した。

店では桑平が、

「松吉、いつからこのよし床にいるよ」

と尋ねていた。

幹次郎が梯子段を下りると桑平に顔を振った。

「当てが外れたか」

桑平同心が幹次郎に言いかけ、「外を探すか」と言った。

幹次郎は小上がり付近を嗅ぎ回る遠助を呼んだ。

「角次、博奕はほどほどにしておきな。そのうち、この店で首を括ることになるぜ」

と言った桑平が先に、最後に幹次郎がよし床を出た。すると、

「余計なお世話だ」

とどこか安堵を滲《にじ》ませた角次の言葉が幹次郎の耳に届いた。

四半刻後のことだ。

幹次郎、桑平同心、遠助はよし床に飛び込んでいった。すると小上がりで三人の男が焼き鰯を菜に茶碗酒を呷《あお》っていた。

一瞬、なにが起こったか分からない様子で三人の男たちが幹次郎と桑平同心を見た。

「おまえが般若の達三だな」

幹次郎が細面《ほそおもて》で暗い目つきの男を名指しした。

「くそっ」

と吐き捨てた達三が小上がりの半畳《はんじょう》が上げられたところに空いた穴へと飛び込んでいこうとした。

幹次郎の前帯に差した小出刃が引き抜かれ、なげうたれると達三の脇腹に突き立って、その場にへたり込んだ。それでも穴に這いずっていこうとする達三の足首に遠助がかぶりついた。

「あ、い、いたたた」

と叫ぶ達三の襟首《えりくび》を摑んだ幹次郎が大根でも引き抜くように小上がりから土間に投げ落とした。遠助は己の仕事は終わったとばかりに穴に向かって顔を突っ込み、

「ううっ」

と優しい声を出した。

金次ら若い衆が飛び込んできて角次と松吉の体の上にのしかかると縄にかけた。

「よし、ようやった。遠助」

と褒めた幹次郎が穴の中へと梯子段を駆け下りて飛び込んでいった。

よし床には広さ三畳ほどの石組みの地下蔵がたしかにあった。

蠟燭《ろうそく》の灯りの中で、桜季がぐったりと石の壁に上体を凭《もた》せかけ、幹次郎を見ていた。

「桜季、よう頑張ったな。もう安心じゃぞ」

桜季は虚《うつ》ろな眼差しで幹次郎を見ていたが、

「神守幹次郎様」

と弱々しい声で言った。

「桜季、それがしの背に負《お》ぶわれよ」

と背を向けて桜季の前にしゃがんだ。するとしばらく迷いがあって桜季が両手を幹次郎の背に回した。

幹次郎が梯子段をゆっくりりと上り、小上がりに姿を見せると、よし床の店では会所の面々が角次と松吉を縛り上げ、般若の達三の血止めをしていた。

「金次、頼みがある。この桜季を山屋のおなつさんに届けてくれぬか。半日も地下蔵で捕らわれの身だったのだ。おなつさんが桜季の体を清めてくれよう」

「合点《がってん》だ」

金次に桜季を渡した幹次郎は、般若の達三の脇腹から抜け落ちていた小出刃を拾うと、手拭いで切っ先の血を拭い、前帯に差し戻した。

「三人を会所に引っ立てようか。ひとり、よし床に見張りを残せ」

と命じた幹次郎は天女池のよし床から吉原会所に戻ってくると、般若の達三らのあと始末を任せ、桑平を連れて四郎兵衛に面会した。

桑平が無言で会釈した。だが、言葉はひと言も発さない。吉原が隠密廻りの縄張りであることを両者が弁《わきま》えていた。


「桜季は無事だったようですね」

四郎兵衛の問いに幹次郎は、桑平同心の助勢で桜季を助け出しただ今山屋に身を預けてあることを告げ、さらに言葉を継いだ。

「あやつらにとっても身代金五百両の人質です。手をつけるような悪さはしていないと思います。念のため三人に四郎兵衛様から確かめてくれませぬか。われらにはもうひとつ、やるべきことが残っておりますでな」

「頼みましょう」

幹次郎と桑平は辞去の挨拶もそこそこに吉原会所を飛び出していった。


雨が降り続く浅草寺本堂前に傘を差したふたりの男女が歩み寄っていった。吉原会所の名入りの番傘を差した男は丸腰の侍で手に重そうな風呂敷包みを提げていた。女は手拭いでふきながしに顔を隠し、蛇《じゃ》の目《め》傘を手にしていた。

刻限は四つ半少し前と思えた。

ふたりは傘を畳むと本堂前に置き、階《きざはし》を上がり、男がただ頭を下げた。手に五百両の金包みを持っていたからだ。

女は合掌した。

「吉原会所の裏同心神守幹次郎と薄墨太夫だな」

浅草寺の回廊の暗がりから声がかかった。

ふきながしの両端を口に咥えた女が、

「もはや薄墨はこの世に存在致しませぬ、私は加門麻にございます」

と含み声で応じ、片手が前帯に行った。

なぜか帯の下に一本の麻縄が巻かれてあったが、この雨の闇夜ではだれもそれが麻縄だとは見当がつかなかった。

「しゃらくせえ。まずは五百両、こちらに頂戴しようか」

「桜季の身柄を解き放ったと分かれば渡そう」

と男が答えた。

「包みを渡しな。さすれば境内の一角から雨空に向かって花火を打ち上げる。そこで直ぐに局見世に身を落とした新造の身を解き放つ手筈《てはず》だ」

「目にしてみねば、とても五百両なんて大金は渡せぬ」

うむ、と相手が丸腰の侍の形の男を睨み、

「だれか提灯《ちょうちん》の火をつけてこやつの顔を確かめねえ」

と命じた。

提灯に灯りが入り、丸腰の侍姿の男の顔に灯りが当たった。

「てめえは吉原会所の番方仙右衛門だな」

「そういうおめえは、田原町の池上の甚五郎か」

と田原町の親分と番方が言い合った。

「致し方ねえ、番方を始末して五百両を奪え。薄墨はさるお屋敷に叩き売るからよ、怪我ひとつなく捕まえよ」

甚五郎が子分に命じた。

ふっふっふふ
と最前加門麻と名乗った女が含み笑いした。

「加門麻様は、おまえらのように薄汚い野郎どもに似合いませんよ」

ふきながしの手拭いを顔から取ったのは、吉原会所の見習い女裏同心嶋村澄乃だ。

「てめえは何者だ」

「嶋村澄乃、と言うても知りますまいね」

「くそっ、女も番方も始末しちまえ」

と池上の甚五郎が改めて声をかけた。

「合点だ」

子分たちがばらばらと回廊や本殿下からふたりに襲いかかろうとした。

次の瞬間、澄乃の手が腰に巻かれた麻縄に伸び、麻縄が生き物のように虚空に伸びて、階を上がってくる匕首を翳《かざ》した子分の鬢《びん》をしたたか叩いた。

「あ、いた」

と子分が階から転がり落ちた。

「本気でかかれ」

甚五郎が再度子分を叱咤したとき、

「そなたらの相手、お呼びにより神守幹次郎が致す」

と木刀を構えた幹次郎が境内に姿を見せた。そして幹次郎とともにやってきた桑平には、桑平が鑑札《きって》を出す花川戸《はなかわど》の吉兵衛《きちべえ》親分と手下たちが十手や捕縄《とりなわ》を手に従っていた。

「くそっ」

動揺した甚五郎の子分どもに木刀を翳した幹次郎が一気に間合を詰めて、匕首や長脇差《ながどす》を手に襲いかかってきたそやつらを次々に殴りつけると、一瞬の裡に五、六人が本堂前に転がった。

「池上の甚五郎、てめえの賭場を目こぼししてきたのは、先代が義理と人情を心得た親分だったからだ。近ごろのてめえの賭場の評判はよくねえ。だれに唆《そその》かされたか、吉原の新造を人質に五百両を強請《ゆす》り取ろうなんて、目こぼしの域を超えたばかりじゃねえ。人攫《ひとさら》いに強請り、死罪は免《まぬか》れねえぜ」

と南町奉行所定町廻り同心桑平市松が伝法な口調で宣告した。

「嗚呼《ああ》ー」

と池上の甚五郎が悲鳴を上げた。

その甚五郎に歩み寄ったのは、番方の仙右衛門だ。

「甚五郎、獄門台《ごくもんだい》に首を曝す身だ。ほれ、受け取りねえ、三途《さんず》の川の渡し賃五百両は、浅草寺門前町の名物、大判十両煎餅《せんべい》だ、ざくざくと入っていらあ」

と言った仙右衛門が池上の甚五郎の白髪頭に、

「がつん」

と包みを叩きつけると浅草寺の本堂前に大判の十両煎餅が割れた音が虚《むな》しくも響いた。

三浦屋から預かった五百両は会所で十両煎餅にすり替えていたのだ。

桜季の勾引し騒ぎの終わりを告げる音となった。

幹次郎はあと始末に追われる桑平市松と別れて、吉原に戻った。ぎりぎり引け四つ前のことだった。

四郎兵衛に浅草寺本堂前の騒ぎの経緯を告げ、

「それがし、山屋に様子を見に参ります」

と言うと四郎兵衛が、

「それがな、玉藻に着替えを持っていかせたのだ。すると山屋の豆腐を作る水で身を清めた桜季は、なんと気丈にも『私の住まいは西河岸の局見世、初音さんのところです』と言って初音のところに戻っていったそうだ」

「なんとさようなことが」

「玉藻が言うには、神守様をはじめ、吉原会所が必ず自分を助けに来てくれると思っていたと、山屋のおなつさんに話したそうですよ」

「禍《わざわい》転じて福になりましたかな」

「かもしれませぬ。神守様、最後にひとつ、おなつさんがね、『桜季の身には未だ男の手は触れておりませぬ』と玉藻に言い添えたそうな。廓育ちのおなつさんの眼力はたしかでしょうよ」

と四郎兵衛が言い、

「どうなされますな。四郎左衛門さんから預かった五百両」

「うちに持ち帰ったところで落ち着きませぬ。引け四つ前に暇がございましょう。四郎左衛門様にご返却して、桜季のことを報告して参ります」

と四郎兵衛に返事をして会所を出ようとしたところで幹次郎は、仙右衛門と澄乃に会った。

「あちらの始末は終わったかな」

「いや、よし床の連中三人もいっしょにして大番屋《おおばんや》に送って下調べをするというので、今晩は夜明かしだと、桑平様が嬉しそうな顔で嘆いておられた」

桑平にとって勲しのひとつになることはたしかだ。その代わり、桜季の勾引し騒ぎはなかったことになるかもしれなかった。吉原にとっても桑平にとっても廓の外で起こったこととして決着がつけば、いちばん都合がよかった。

「澄乃、手柄であった。いよいよ、そなたの得物は麻縄になったな」

「それより加門麻様の代役に苦労致しました」

と澄乃が苦笑いした。

「番方、それがし、預かった五百両を三浦屋に返却して参る。桜季の報告もあるでな」

と会所の前でふたりと別れた幹次郎は、ふと気づいた。

いつしか秋の長雨はやんで虫が集き始め、夜空に星が瞬いていた。

第五章　あと始末

一

　長い秋雨が不意に終わりを告げ、一転江戸に爽やかな青空と穏やかな風が戻ってきた。

　むろん何日も降り続いた雨のせいで江戸じゅうの道は泥濘のままであり、人々は通りを歩くのに難儀した。それでも雨が上がったことで、江戸の人々の気持ちはなんとなく晴れやかに変わった。

　吉原五丁町の引手茶屋や妓楼では、じっとりと湿った夜具や衣装を日干《ひぼ》しする光景が見られた。吉原は、

「粋と張り」

を売り物にする御免色里だ。

ふだん布団や衣服を表に干すなどは習わしとして許されなかった。だが、異例の長雨のあと、どこもが朝から照りつける日差しに煌《きら》びやかな衣装の数々を干した。ために吉原全体が彩り鮮《あざ》やかな物干し場の観を呈《てい》した。

もちろん吉原が格別というわけではない。江戸じゅうが物干し場へと変わっていた。

五十間道の両側の茶屋などでも人々が少しでも濡れた衣を日に当てようと立ち働きながら、

「なんとも長い雨でしたな。わたしゃ、もはや晴れの日が戻ってくることはないと思っておりましたよ」

「いかにもいかにも、この泥濘が少しでも乾かないと客なんぞだれひとりとして来ませんな。この数日、衣類や品物の日干しをするのがだいいち、商いは二の次ですな」

「吉原とて大門を開けたところで、当座客足は戻りますまい。隅田川の水位が上がって、猪牙舟《ちょきぶね》なんぞとてもとても流れに乗り入れることはできませんからな。命を張って吉原に来る人がいたら、お目にかかりたい。色欲よりわが命が大事ですからね」

「最前、隅田川の流れを見てきましたが、流木なんぞが濁流に交じってましてな、吾妻橋《あづまばし》の橋脚《きようきやく》にごつんごつんと凄い音を立ててぶつかってました。橋を渡る人どころか、橋が壊れて流されそうでしたよ。うまいこと橋がもっても、橋を渡ったり、流れを船が往来するまでには二、三日はかかりましょうよ」

「それでも目処《めど》が立っただけでもよしとしなければなりますまい」

と人々が言い合った。

柘榴の家でもこれまで閉じ切っていた雨戸や障子戸や襖など建具を開け放って、風を入れた。

幹次郎は、柘榴の家とうすずみ庵の外周を見て回った。

長雨で雨漏りしたところもないようだった。ただし、部屋の中はじっとりと湿気《しけ》っていた。そこで建具をすべて外して日に干し、室内に風を入れた。

昨夜が昨夜だ。

幹次郎は五つ半時分に目覚めた。だが、すでに女たちは襷がけで立ち働いていた。

幹次郎が目覚めたことに気づいた汀女が、

「幹どの、未明に床に就かれたのでございましょう。もうひと寝入りなされませ」

と言い、妹分の麻が、

「うすずみ庵の落成の宴は、一日だけ待っていただくことになりました。伊勢亀の当代も四郎兵衛様も三浦屋様も、落成祝いを延ばすことに快く賛同なされております」

と幹次郎に言った。

「姉様や麻やおあきばかり働かせて、男のそれがしがのうのうと寝ているのもなんだな」

幹次郎は自分が寝ていた夜具を庭に持ち出して干した。

庭石の上で黒介が体の日干しをするように寝転がっていた。

「黒介も天気が快復して日干しをしておるか」

幹次郎が声をかけると、みゃうと鳴いて答えた。

「幹どの、町内の朝湯が立ったそうな、湯に参られませんか」

「なに、さすがは聖天横町《しょうでんよこちょう》の湯屋じゃな、やることが素早い」

幹次郎は手拭いと着替え、湯銭《ゆせん》を持ち、腰に脇差だけを差して馴染の聖天横町の湯屋に向かった。

寺町の通りに修行僧たちが乾いた土を入れて、通りの真ん中に筵《むしろ》を敷いて歩きやすいようにしていた。

「ご苦労にござる」

と挨拶して通りを横切ろうとすると、修行僧たちの作業を見守っていた納所坊《なっしょぼう》主《ず》と思える壮年の僧が、

「お隣さんか。長い雨でござったな」

と幹次郎に話しかけてきた。

柘榴の家の南隣は浅草寺寺中の吉祥院《きっしょういん》だ。柘榴の家は、町屋《まちや》の浅草田町一丁目の南端にある。

「吉祥院の僧侶どのじゃな。これまで挨拶もせずに隣に住まわせてもらっておりまする。それがし、神守幹次郎にござる。よしなにお付き合いのほどをお願い致します」

「神守様、愚僧は納所を預かる諒音《りょうね》です。ご丁重な挨拶ですが、すでに汀女先生から挨拶は受けておりますよ」

「さようでしたか」

幹次郎は、汀女のやることはそつがないなと改めて驚いた。

「愚僧らは抹香《まっこう》くさい修行暮らしじゃが、神守様のところは女衆が多くて宜しいな」

諒音が羨ましそうに言った。

「諒音どの、男はそれがしと先住の猫だけで、肩身が狭い思いをしております」

「その程度は我慢なされ」

と笑った諒音に会釈を返して幹次郎は馴染の湯屋に行った。

雨が上がったせいか、湯屋はそれなりに混んでいた。声の気配からして女湯が混んでいるようだ。男湯は意外と静かだ。

久しぶりの日差しにだれもが家の片づけや出入りのお店の手伝いをしたりしているのであろう。

二階に脇差を預けて番台に湯銭を払った。すると番台にいた女衆が、

「会所のお侍さん、ようやく雨が上がったね」

と話しかけてきた。

「いかにも長い雨であったな。体の芯までじっとりと湿った感じじゃ」

応対した幹次郎は、脱衣場で衣服を脱ぎ、かかり湯を使うと、昨夜走り回った疲れが体の奥から滲み出てきた。

(歳かのう)

と幹次郎は考えながら柘榴口を潜った。

「おや、会所の旦那、久しぶりじゃな」

と湯船にいた顔馴染の隠居が言葉をかけてきた。

聖天横町の湯屋でいっしょになる隠居は何人かいた。そのひとりだ。

朝湯で出会う隠居がどこのだれか、幹次郎はほとんど承知していなかった。今朝の隠居は、なんとなくだが商家の隠居ではなく、外仕事を長年務めてきて倅に譲ったという感じの年寄りだった。

「いや、近年にない秋の長雨であったな。これで野分《のわき》にまで見舞われるなどとなれば、吉原は上がったりだ」

「上がったりは吉原ばかりじゃないよ。外仕事の職人にとって雨は禁物だ、それがこの長雨だ。職人の多くが親方に泣きついて前借りしてさ、なんとか凌《しの》いでいるぜ」

「ご隠居のところのように、職人に前借りを許す親方ばかりではあるまい」

と幹次郎が推量で言ってみた。その言葉を否定しようともせず、

「それよ、質屋に冬物なんぞを持ち込んで、わずかな銭で凌いできた連中もいるそうだぜ」

と言った隠居が、

「神守様はよ、伊勢亀と昵懇《じっこん》だったね」

と尋ねた。

「ご隠居、天下の札差と吉原会所の陰の者が昵懇なんてことがあるものか」

「へえー、そうかね。わっしはおめえさんが伊勢亀の店に出入りしているのを見かけたがね」

「ああ、そのことか。あれは当代の半右衛門様に挨拶に参っただけだ」

「ほら、知らない仲で挨拶もなにもあるものか。おめえさんの家に吉原で全盛を誇った薄墨太夫がいるのも、わっしは承知だ。薄墨太夫を死んだ先代の伊勢亀が落籍したってね。その口利きをしたのはおめえさんだろうが」

隠居は意外にも幹次郎の身辺について詳しかった。

「ご隠居、噂話には万にひとつも真実はござらぬぞ」

「ならば、太夫がおめえさんの家に身を寄せているのは嘘か、真ではないのか」

ふっ、と幹次郎はため息を吐いた。

「わっしはな、別におめえさんのことをほじくり出そうと思っているわけじゃねえ。わっしの家は代々左官《さかん》職だ、十四、五のときから四十数年勤め上げて、最近、倅に譲ったのよ。隠居してみると暇だけはある。ところが暇を潰す道楽はひとつもねえ。隠居をした当初、釣り竿《ざお》なんぞ持って大川に釣り糸を垂らしてみたが、こちとら、せっかちだ。魚の都合で鉤《はり》にかかってくれるなんて間尺《ましやく》に合わない。一度でやめた。わっしは思いつきでさ、神社仏閣にお参りしてよ、その界隈の湯屋に浸かって、人の話に耳を傾けるのが意外に面白くなった」

「神社仏閣をお参りして湯屋巡りでござるか、よき道楽を思いつかれたな」

幹次郎の無難な言葉を受け流した隠居が、

「一昨日のことだ。御蔵前裏の湯屋に行ったと思いねえ。柘榴口を潜るとだれも男湯に入ってねえ。大きな湯船の隅でさ、足を伸ばしていると、歩き疲れたか眠気が襲ってきた」

「ご隠居、湯船で居眠りはよいが、気をつけねば顔まで浸かることになるぞ」

「体を動かす仕事が長かったせいか、足腰は達者だ。湯で溺《おぼ》れることはねえよ」

と言った隠居が、

「突然、神守幹次郎って名が居眠りしているわっしの耳に届いたのだ」

「ほう、悪しき噂であろうな」

と幹次郎が尋ねた。

「伊勢亀の当代の背後に吉原会所の用心棒がついてましてな、これをなんとかしないかぎり、伊勢亀は動かない。うちの旦那は、こたびの泥仕合に伊勢亀も一枚加わってほしいのですがな、吉川坊《よしかわぼう》先生」

「それがし、剣術遣いじゃぞ、さような細工はできかねる」

「ならば始末をしてくれますか」

と声を潜めて言った。

ふたりが隠居を覗き見る気配があった。

「ここではまずい。二階に参ろうか」

「年寄りは耳が遠い。それに寝込んだら、もはや湯船で溺れ死んだって起きやしませんよ」

お店の奉公人風情の声がして、ふたりが湯船から上がっていった。

「神守様、寝たふりしているわっしの耳に聞こえたのはこれだけだ。なんぞ思い当たることがあるんじゃないか」

「さあてな、なんのことやら判然とせぬ。ただな、ご隠居、それがしの務め柄、恨みを持たれることもたしかだ」

「この奉公人風の声の主をわっしは承知なんだよ。その者の店に出入りしていたことが七、八年前まであったからね。だが、注文がうるさいわりには、金の払いは悪い。前もって互いが値を決めたその六割ほどしかくれない、ときにはあれこれと難癖《なんくせ》をつけて払わない。そんなことが何度も繰り返されたからね、うちは出入りをよした店なんだ。とはいえ、昔の得意先だ。名は言えませんよ、ただね、片町組四番組の、ある札差の番頭と言うておきましょうか」

と隠居が言った。

湯屋から戻った幹次郎を、疲れた顔の桑平市松が柘榴の家の縁側に腰かけて待ち受けていた。

柘榴の家の敷地内に桑平が通ったのは、二度目ではなかったか。茶が供されていたが、手をつけた様子はなかった。

「昨夜はご苦労でござったな」

「それはお互い様じゃ」

「始末はつきましたか」

と幹次郎が訊いた。

「吉原の名を出せぬゆえ、この始末には日にちを要する」

疲れた声が答えた。

「田原町の池上の甚五郎の背後には何者か潜んでおりましたかな」

「おるとみた。だが、この一件に関して甚五郎しか知らぬようでな、なかなか口にせぬ。ともかくいったん未明にやめて、下調べは本日ということで、一味は大番屋に留め置いた。そして、それがしも八丁堀に戻り、花川戸の親分も大番屋をあとにした。すると一刻もせぬうちに大番屋から呼び出しがあった」

「なにが起きたかな」

幹次郎は嫌な感じが背筋に走った。

「北町奉行所与力沢渡将吾郎《さわたりしようごろう》様の名を使い、南町と話がついておると称して、池上の甚五郎の身柄を北町でしばらく預かって調べをすることになったと言って、さっさと引き取っていったというのだ。大雨のせいで、大番屋におった役人どもは見習いばかりでな、それがしも迂闊にもそのことを考えなかった。北町がこの一件に首を突っ込むはずもない」

「何者かが池上の甚五郎の身柄を連れ去りましたかな」

「ということだ」

と首を縦に振った桑平が、

「つい最前日本橋川《にほんばしがわ》で甚五郎の刺殺された骸が見つかったのだ。始末した者は骸がこの大雨で大川から江戸の内海に流れていくことを望んでいたのだろうが、江《え》戸橋《どばし》の橋脚に引っかかっておったそうな」

「なんと」

と驚きの声を発した神守幹次郎が、

「やはり池上の甚五郎らの背後に何者かが潜んでおりましたな」

と答えながら、湯屋で隠居から聞いた話を思い出していた。

だが、今の時点で隠居の話、桜季に関わる勾引し話とそのあとの騒ぎがどう結びつくかたしかなことは分からなかった。

ゆえに幹次郎は、桑平に負担をかけたくなくて黙っていた。

「それがし、甚五郎を大番屋から連れ出し刺殺した者の探索に戻る。せっかくそなたらが、それがしに手柄をと考えてくれたことが無駄になった」

「いや、われらの調べも足りなかったのかもしれませぬ」

桑平は早々に柘榴の家を立ち去った。

御用の話と思い、汀女や麻は遠慮していた。

「おや。桑平様はお帰りになりましたか」

と汀女が様子を見に来て、質した。

「昨夜、終わったはずの騒ぎがまた振り出しに戻った。姉様、うすずみ庵の落成の宴はいつになったと申されたかな」

「二日後です」

「それまでになんとかせぬとな」

「出かけられますか」

「桑平どのは半刻と寝ていまい。それがし、思いついたことがあるゆえ、会所に出勤致す。こちらの仕度はそれがしがおらんでもよいか」

「幹どの、うちのことはご案じなさいますな」

幹次郎は朝餉も食すことなく身仕度をして柘榴の家を出た。

幹次郎は四郎兵衛に会った。昨晩遅かったので、番方の仙右衛門は未だ会所に出ていなかった。

「神守様、昨日の今日、えらく早《はよ》うございますな」

と幹次郎の顔色を見た四郎兵衛が言った。

「手抜かりがあったようです」

幹次郎は聖天横町の湯屋で隠居に聞いた話と桑平が柘榴の家に持ち込んできた池上の甚五郎殺しを報告した。

「なんと、桜季の勾引し騒ぎには裏の裏がございましたか」

「どうやら蔵前の札差筆頭行司選抜の話に結びつくかもしれませぬ」

「うすずみ庵の落成の宴は一日延ばされましたな」

四郎兵衛は、あと二日で事の決着をつけよと言っていた。

頷いた幹次郎が津田近江守助直を手に会所の裏口から出ようとすると、遠助がよたよたと従ってきた。

二

幹次郎が西河岸に初音を訪ねると、桜季は蜘蛛道の湯屋に行っているという。

「神守様、ご苦労だったね。わたしゃ、冷や汗を掻いたよ。三浦屋の新造を預かり、なんぞあったら、申し訳が立たないからね」

「それは違う。すべての責めはこの神守幹次郎にある」

「ともかくさ、桜季が身を汚されることなく無事に神守様方に助け出されて、安堵したよ」

初音もまた山屋のおなつと同じく、桜季は般若の達三らに体を汚されてはいないと言った。

「昨晩はどうだったな」

「山屋のおかみさんがよう面倒をみてくれたからね、ここに戻ってきたら、倒れ込むように眠りに就いたよ。こんな局見世でも住めば都かね、安心し切って眠り込んだからね」

「そうか、それはよかった」

「神守様の気持ちが桜季はようやく分かったようだね」

初音の言葉に頷いた幹次郎は、

「天女池のお六地蔵に参ってこよう」

と遠助を従えて、西河岸から蜘蛛道に戻って天女池に出た。すると、お六地蔵の前にさっぱりとした風呂上がりの桜季がいて手を合わせていた。

幹次郎は、あれだけの目に遭いながら一夜にして元気を取り戻した桜季の若さを眩《まぶ》しく見ていた。

ただ元気を取り戻しただけではなく、桜季の五体からこれまで感じられなかった初々《ういうい》しさと爽やかさが漂っていた。

遠助がよたよたと桜季に歩み寄ると、気配を感じた桜季が遠助を振り返り、黙って両腕に遠助を抱きしめた。そして、なにごとか訴えるように話しかけていた。

幹次郎は桜季と遠助が抱き合うお六地蔵の前に立った。すると桜季が顔だけを幹次郎に向けた。

「神守幹次郎様、有難うございました」

となんの衒《てら》いもなく、幹次郎に礼を述べた。

桜季の目に涙が浮かんでいるのが、戻ってきた秋の日差しできらきらと光っていた。

「桜季、そなたが気を強く持っていたから、かような朝を迎えることができたのだ。礼を申したいのはそれがしのほうだ」

幹次郎の言葉に、

「山屋のおかみさんが姉の行った足抜騒ぎの一部始終を話してくれました。これまでおかみさんと同じことは何人からも聞かされてきましたが、こたびのおかみさんの言葉は私の胸に染み入りました。神守様、私が間違っていました」

と反省を口にした。

幹次郎はただ頷いた。

「おかみさんに、『おまえさんを利用しようという者の言葉をたびたび信じてきたようだが、こたびの騒ぎでさ、だれが真のことを話しているか、分かったろうね』と叱られました」

「山屋のおかみさんに感謝せねばなるまいな、それがしもそなたもじゃ。いや、もうひとりおられる。初音も心からそなたの身を案じておる方だ。それと遠助に礼を申せ」

幹次郎の言葉に桜季が頷いて、遠助を抱きしめた。

しばし間を置いて幹次郎が問うた。

「桜季、昨日の今日、時も経っていない。それでもそなたに訊かねばならないことが起こった。般若の達三らを動かしたのは浅草田原町の池上の甚五郎というやくざ者の親分だ。そなたを助け出したあと、こやつを捕縛して大番屋に送り込んだのだが、北町与力を名乗る何者かが大番屋から甚五郎を連れ出し、刺し殺して日本橋川に放り込んだ。つまり、甚五郎の背後にもうひとり大物が隠れていたのだ。そやつが甚五郎の口を封じた。それがしの言うことが分かるか」

桜季はこっくりと頷いた。

幹次郎は、桜季に切々とこれまでの出来事を語った。そして最後に、

「そなたがよし床の地下蔵に閉じ込められていたとき、般若の達三らの口から漏れた言葉をなにか聞いておらぬか。どのようなことでもよい」

と尋ねた。

桜季は驚きの顔で幹次郎の説明を聞いていたが、

「そんなことが」

と呟いて監禁されていたときを思い出すように両目を閉じた。

長い時が流れた。

「はっきり聞いたわけではありません。私を捉まえた男がもうひとりに『般若の兄い、殿様ってだれだい』と訊いたのです。そしたら、もうひとりが、『その呼び名は口にするんじゃねえ、おれたちが知らなくていいことだ』と険しい口調で叱りつけました」

「ほう、『殿様』って呼び名の者が控えているか。面白い、調べてみよう。助かった、桜季」

と幹次郎は礼を述べ、

「遠助、桜季を西河岸まで送っていけ」

と命じた。すると遠助が分かったように尻尾を振った。

幹次郎は、会所には立ち寄らず大門を抜けようとした。すると大門前で小者を連れた面番所の村崎同心に出くわした。

「おい、神守幹次郎、桑平市松がしくじりをなしたということを承知か」

幹次郎はもう村崎同心の耳に入ったかと思いながら、

「どういうことですか」

ととぼけた。

「詳しくは知らぬが、浅草田原町の池上の甚五郎らを賭博の罪で挙げながら、大番屋に連れ込む途中で取り逃がしたそうだ。それがのう、驚くなよ、田原町の甚五郎めの刺殺された骸がその直後に江戸橋の橋脚に引っかかっていたとよ。こりゃ、えらい手抜かりだな。桑平市松は、もはや定町廻り同心は続けられまい。これだけの大失態ではな」

と村崎同心が嬉しそうに言った。

「あやつ、女房が病に臥せっておるし、気ばかり焦《あせ》ってしくじったな」

村崎同心はだれから聞かされたか、間違いだらけの話を幹次郎にした。

「神守幹次郎、おぬしとは以心伝心の仲だったようだが、あやつはもはや、今年の暮れに上役与力に屋敷に呼ばれて『長年申付くる事』と慣例の言葉を聞くことはないな、となると定町廻り同心の席がひとつ空く」

村崎は、町奉行所の花形《はながた》定町廻り同心の役目が自分に回ってくるかのような、満足げな笑みを浮かべていた。

「お気の毒でございますな」

と幹次郎は言った。

「おぬしがいくら気の毒がっても、もはや桑平市松は終わりじゃな」

「そうでございましょうか」

「なんだ、その顔は。心を許した仲間の危難《きなん》に吉原会所の裏同心が助勢をなすというか」

「村崎どの、それがし、さような力は持っておりませぬ」

「で、あろうな。分《ぶん》を心得て生きておらぬと、裏同心どのも職を失うことになるぞ」

と言い放ち、
いっひっひひ
と気持ちの悪い笑い声を上げて大門を潜っていった。

幹次郎は五十間道を歩き出して仙右衛門が外茶屋の軒下に立っているのを目に留めた。

「話は途中から聞きました。どういうことですね、神守様」

「村崎同心の話は半端だ。そなたが門前町名物十両煎餅包みで殴りつけて捕まえた池上の甚五郎が大番屋から連れ出されたのは事実だが、桑平どのがその場におられたわけではない。桑平どのらが大番屋を辞去したあと、大番屋の小者らが手抜かりをしたのだ」

と幹次郎は桑平当人から聞き知った話を仙右衛門に伝えた。

「なんてこった。昨晩の苦労は水の泡ですか」

「そうはさせない」

「どこへ行かれます、手伝いますか」

「番方、そなたは廓を頼む。それがし、このあと始末をつけて参る。そう七代目に伝えてくれぬか」

しばし沈思した仙右衛門が頷いた。

幹次郎が訪ねた先は、浅草御蔵前通り森田町の大口屋喜之助の店だった。

「いらっしゃいまし」

帳場格子から番頭が直ぐに声をかけてきた。

「それがし、客ではござらぬ」

「はい、承知です。吉原会所の神守幹次郎様ですな」

「それがしの名が御蔵前でまかり通っておるとは訝しい」

と幹次郎が首を捻った。

「とんでもないことでございます。ただ今の蔵前でそなた様の名を知らぬ者はひとりとしておりませぬ。先の札差筆頭行司伊勢亀半右衛門様とお付き合いがあったばかりか、当代の半右衛門様の後見方でございましょう」

「番頭どの、勘違いをしておられる。それがし、吉原会所の陰の務めを果たしておる、それだけの者でござる」

「そう聞いておきましょうかな」

「番頭どの、大旦那どのとお会いすることができようか」

「最前、そなた様の名が大旦那から出たばかり、ささっ、お上がりください」

と奥に質そうともせず、幹次郎を奥へと案内した。

「大旦那様、神守幹次郎様がおいでです」

「噂をすれば影ということでしょうかな」

大口屋喜之助が幹次郎を迎えた。

傍らの文机《ふづくえ》には書きかけの台帳が広げられてあった。小さな庭には柘榴の木があって、熟れた実がきらきらと貴石《きせき》のように輝いていた。

「仕事中ではございませぬか」

「一刻を争う仕事はございませんでな」

と笑った喜之助が、

「なんぞ出来《しゅったい》致しましたかな」

と尋ねた。

その主の言葉を聞いてから番頭は店に戻っていった。

幹次郎は三浦屋の新造桜季の勾引しから五百両の身代金の要求があった事実や、その勾引しに絡んで浅草田原町のやくざ者、池上の甚五郎を捕縛した経緯を掻い摘んで話した。

「ほう、さすがに吉原会所の裏同心様ですの、やることが手早い」

「いえ、それがしひとりでやってのけた話ではございません。南町の定町廻り同心桑平市松どのの助勢があったゆえできたことです」

喜之助に答えた幹次郎が甚五郎を大番屋に連れていった経緯を語り、

「下調べが終わったあと、桑平どの方はいったん八丁堀の屋敷に戻られました。そのあと、北町奉行所与力某を名乗る人物が大番屋から池上の甚五郎を強引に北町にも調べがあると言って引き取っていった。そして、今朝方、甚五郎の刺殺された骸が日本橋川の江戸橋の橋脚に引っかかっておるのが発見されました」

「なんということで。こりゃ、ただの金欲しさの勾引しとは違いますな」

「それがしの失態を狙った仕業のように思えます。となると、それがしのただ今の務めと関わりがあろうかと推量致しました」

「神守様は、御蔵前の筆頭行司選抜に絡む話と申されますか」

と言った喜之助がさらに言い添えた。

「三浦屋の新造桜季を西河岸の局見世に預けるよう画策なさったのは、神守様、そなたでしたな」

札差の人脈は、武家方の直参旗本・後家人だけではない。大口屋が金融に手を染めているかどうか幹次郎には分からなかったが、諸々の情報は札差の大口屋にはもたらされるはずと考えられた。

当代の大口屋喜之助は、吉原とは関わりが薄いと言ったが、叔父の暁雨こと大口屋治兵衛は、十八大通のひとりとして吉原の全盛期を演出した人物だ。となれば当代の大口屋が吉原に手蔓《てづる》があっても不思議はないとも思われた。

「はい」

「そなたが考えた策をようも三浦屋四郎左衛門様が認められたもので」

「吉原を知らぬ者ゆえの無謀です」

「神守様には成算《せいさん》があった」

「確信などありません。ただ、姉の二の舞だけは桜季にさせとうございませんでした」

「その自在なお考えと誠意を先代の伊勢亀さんは信頼しておられたのでしょうな」

幹次郎はなにも答えない。

「で、なにごとです」

「最前、勾引しに遭った桜季と会ってきました。桜季が勾引しの下手人どもふたりが話す言葉の断片を覚えておりました」

「ほう」

「般若の達三に弟分が、『殿様ってだれだい』と尋ねたことをおぼろげに覚えておりました。すると達三が『その呼び名を口にするんじゃねえ』と険しい口調で注意したそうな。諸々の状況を考えますと、『殿様』なる人物がこの桜季の勾引しの背後に控えていようと、それがし考えました」

幹次郎は大口屋喜之助の顔を正視した。

「神守様、なぜ私にかようなことを話されましたな」

「札差百余株の出自は、なにも親から子へと継がれたものばかりではございますまい。娘しかいない札差の家では、婿を取ることもございましょう。札差は直参旗本御家人と関わりが深いだけに、武家方から婿を取ることもあろうかと考えました。となると、仲間内で『若様』とか『殿様』と呼ばれる札差もいてもよいかな、と思いました」

幹次郎の言葉に大口屋喜之助が沈黙で応じた。もはや幹次郎も口を開こうとはしなかった。

長い無言の時が過ぎた。

「神守様、仲間は裏切りたくはございません」

幹次郎は小さく頷いた。

「ですが、神守様はそこまで突き止めてこられた。もし『殿様』が池上の甚五郎を大番屋から連れ出して口を封じたとしたら、もはや札差稼業の仲間とはいえませんな」

「やはり、仲間内で『殿様』と呼ばれる人物がございますか」

「神守様、札差当人ではございません。親父様が片町組四番組の峰村屋《みねむらや》の株を千両もの大金で買い求め、次男を主に据えました。『殿様』とは長崎奉行支配組頭《くみがしら》を務められた御仁です。

ご存じかもしれませんが、長崎奉行を務めると、舶来品《はくらいひん》を元値で買える特権の他に八朔礼銀《はっさくれいぎん》と称して交易商や長崎会所の地役人から献納金があるので、長崎奉行を務めると三代は潤《うるお》うといわれておりますな。

名は申し上げられませんが、三代の長崎奉行に仕えて実務方の支配組頭を務められたお方が、ただ今では中奥御小姓衆《なかおくおこしょうしゅう》の組頭を務めておられます。

峰村屋の株を買ったのはこの御仁、蔵前の噂では抜け荷などを大目に見てやることで抜け荷商いたちから莫大《ばくだい》な金子を稼いだと評判です。

次男の峰村屋三左衛門《さんざえもん》さんは、なにかといえば父親の名を出して『殿様』がこう言ったああ言った、と言われるお方です。こたびの泥仕合には名は出てきませんが、伊勢亀さんに文を出して筆頭行司を務めよと唆しておられるのは、この父子と私は推測しております」

大口屋喜之助が言い切った。

「これまで峰村屋の主の名はこたびの騒ぎに出ておりませんが、伊勢亀の当代を含めて泥仕合を繰り広げさせて共倒れを企てるか、次なる筆頭行司の選抜の折りに名乗りを上げるおつもりと考えてようございますか」

「峰村屋の当代には、札差筆頭行司を務める力量はございません。ただし、『殿様』こと親父様には長崎で抜け荷商人と交渉してきた経験があります。倅を札差筆頭行司に就かせて、裏で操るのは親父様でしょうな」

大口屋喜之助の話は終わった。

幹次郎は黙って頭を下げた。

しばし黙考する時がふたりの間に流れた。

「最後にひとつだけお聞かせくだされ。この父子、蔵前の札差にとって役に立つ人物ですかな」

「念を押される要もございませんよ。この親子が札差筆頭行司を務め、蔵前を牛耳《ぎゅうじ》ることになったらもはや蔵前は終わりです」

幹次郎は訊くべきことは訊き終えたかどうか迷っていた。

「最後にひとつ、私から」

と喜之助が言った。

「当代の峰村屋の主は鹿島新当流《かしましんとうりゅう》の剣術の達人とか。そして、親父様は長崎逗留《とうりゅう》時代に異国渡来の連発短筒《たんづつ》を手に入れて、十間（約十八メートル）先の小判ならば撃ち抜くと自慢するほどの腕前だそうです。かような力ずくでも倅に札差筆頭行司を務めさせたい輩、その倅が札差筆頭行司に就いたとき、蔵前の札差株仲間はもはや終わりです。最悪の父子であることは間違いございませんな」

幹次郎は瞑目して大口屋喜之助がもたらした話を頭の中で吟味した。

「親父様の屋敷は、この蔵前の川向こう、河岸道に架かる石原橋《いしわらばし》を渡ったところにございます。倅どのは、三日に一度、この南本所石原町《みなみほんじょいしわらちょう》の屋敷に持ち船で訪ねていかれ、ひと晩屋敷に泊まっていくそうな。今晩がその宵にございます」

幹次郎は瞑目する中で大口屋喜之助の言葉を聞いた。

その夜、神守幹次郎と桑平市松は、今戸橋際の船宿牡丹屋《ぼたんや》の船頭政吉《まさきち》の漕ぐ舟で大川を下り、御厩河岸ノ渡し場を横目に左岸の堀留の口に架かる石原橋を潜った。

この夜、幹次郎は浅草奥山《おくやま》の出刃打ちの名人紫光《しこう》太夫から譲り受けた小出刃一挺《ちょう》を前帯に挟み、腰には先代伊勢亀の形見の一剣、五畿内摂津津田助直を差し落としていた。

桑平市松のほうは刀を一本差しにして長十手を手に携えていた。

「池上の甚五郎なんて半端者を殺した仇討《あだう》ちを、われらがなぜせねばならないかね」

と桑平が嘆いた。

「桑平どの、この世には生きていると害になる者がおるということよ。その掃除に行くと思えば、気も紛れる」

「まあ、そのようなことか」

と幹次郎の言葉に桑平が応じた。

三

政吉船頭の猪牙舟は石原橋を潜って、堀のどん詰まりまで舟を進め、南側の石垣に寄せて泊まった。その石垣には新造の船が泊められていた。幕府の御竹蔵《おたけぐら》の北側に接してあった。

桑平の調べで「殿様」の屋敷であることが分かっていた。

ふたりは、もはや「殿様」と蔵前の一部の札差株仲間に呼ばれる人物が、元長崎奉行の支配組頭を務め、ただ今は中奥御小姓組頭の職階にある井出口飛驒守義雅《いでぐちひだのかみよしまさ》と承知していた。

札差の株を大金千両で買い入れ、次男の峰村屋三左衛門の名で株の譲渡が成立したのは七年前のことだ。

その直後、先代の峰村屋の主が大川の流れに浮くという事件が起こった。町奉

行所がその死因を調べていくと、御目付《おめつけ》筋から、

「峰村屋は心臓《しんのぞう》に持病を持っておって体が思うように動かなかった。ゆえに誤って大川に落ちたのだ。無益な調べを続けるではない」

と横やりが入ったとか。そして、いつの間にか峰村の縁戚と称する三左衛門が新しい峰村屋の主として、札差に就いたのだ。

その後、父の「殿様」が長崎勤めで貯め込んだ大金をはたいて買った札差峰村屋の商いは決して順調ではなかった。

いわゆる武家の商法というやつだ。

先代の峰村屋三左衛門の水死事件が人の覚えから消えたころから、当代の峰村屋は、水死した先代がまるで親であったかのように振る舞い始めた。さりながら目立った動きをなすことはなかった。

先代伊勢亀半右衛門の死がきっかけで、新しい札差筆頭行司選びが始まり、当代の伊勢亀半右衛門が喪に服するため商売に専念するという話が蔵前に流れたとき、「殿様」は、

「こたびの札差筆頭行司の候補になんとしても伊勢亀の当代を加えよ」

と倅に命じたとか。

一方で多くの札差たちが名乗りを上げても、峰村屋三左衛門自らは動く風はなかった。

峰村屋は次の次の札差筆頭行司の地位を狙っていると、一部の札差の間で噂が流れていた。

これらのことは、桑平市松の調べで判明したことだ。もうひとつ、桑平の調べで分かったことがあった。

伊勢亀にたびたび届けられた文の筆跡は、「殿様」と呼ばれる井出口飛驒守義雅のそれとよく似ているというのだ。

偶然だが、南町奉行所に届けられた札差代替わり届書《とどけがき》が残されていて、それと比べてほぼ同一人物が書いたと考えられた。

とはいえ、「殿様」の井出口義雅と倅の札差峰村屋三左衛門父子には、先代の水死事件について、罪を犯した明らかな証しがなかった。

大番屋から池上の甚五郎を連れ出し、刺殺して口を封じて、雨で増水した日本橋川に流した一件も井出口と峰村屋父子の仕業と推量されたが、こちらも証しに欠けていた。

「池上の甚五郎を大番屋から連れ出した一件が、親子の仕業という証しが立たないかぎり、われらが親子を捕縛しても目付が認めまい。となるとわれら、腹を切っても済むまいな」

と幹次郎が桑平に念押しした。

「いかにもさよう」

と答えた桑平が、

「余裕がなくてな、調べがついていないが、この親子の周りにはあれこれと奇妙な事件が頻発《ひんぱつ》していることはたしかだ。銭金で雇った連中が目をつけられると、先手を打って口を封じる手口は、こたびの池上の甚五郎の一件といっしょよ。般若の達三を責めてみたが『殿様』が何者か知らぬというのだ。ただし、池上の甚五郎から、『こたびの金の出所は峰村屋』との言葉は聞いていたらしい。ともあれ、目付に願って中奥御小姓組頭の井出口飛騨守義雅を調べたとしても探索の途中で潰されるな」

と言い添えた。

「それがし、大口屋喜之助どのの話を伊勢亀の当代に確かめたところ、『ほう、大口屋さんがそう申されましたか。亡き親父も片町組四番組の峰村屋三左衛門とその背後に控えている親父様の存在には、格別に注意せよ、とたびたび漏らしておりました。親父が存命ならば、峰村屋の名義が変わった強引な経緯を承知しているはずですがな』と言うておられた」

「ということは、当たって砕けるしか手はないか」

と桑平が言った。

幹次郎は伊勢亀の当代に会って、一通の書状を井出口飛騨守義雅に宛てて書いてもらった。半右衛門は、素直に幹次郎の注文に応じて、

「かような文が役に立ちますかな」

と首を捻ったものだ。

「役に立たせます。またこちらに迷惑がかかる仕儀《しぎ》には至らぬように致します」

と書状を頂戴してきた。

「桑平どの。手を引くならば今のうちだ」

幹次郎が桑平に言い、桑平がうすら笑いで、

「生きて帰るも死んで骸になるもそなたと一蓮托生《いちれんたくしよう》だな、裏同心どの」

と言った。

「ならば忍び込もうか」

幹次郎の言葉でふたりは船着場と屋敷を結ぶ潜り戸に手をかけた。すると、

すっと開いた。

迂闊にも扉には閂《かんぬき》もかけていなかった。それともだれかが訪れるために開けてあったか。

政吉船頭の猪牙舟が堀留から大川へ戻っていったのを確かめた両人は、井出口家の敷地に入り込んだ。

およそ七、八百坪はあろうかと思えた。そして、敷地の中に水が引き込まれているのか、水音が夜の闇に響いていた。

深夜九つ（午前零時）の時鐘が鳴り響いた。

鬱蒼《うっそう》とした庭木はよく手入れがなされていた。泉水《せんすい》の向こうの母屋は戸締まりも固く眠り込んでいた。

「この家の主が寝起きするのは離れ家と聞いた」

桑平が井出口屋敷に出入りする植木職人から訊き込んだ話を幹次郎に告げた。

ふたりは闇に目が慣れるまで、しばらくその場で様子を窺うことにした。

「長崎奉行を務めれば三代が潤うとはよく聞くが、まさか長崎奉行の支配組頭が札差の株を買い取るほど稼いできたとはな」

幹次郎が桑平に話しかけた。

「三代の長崎奉行の下で御用を務めてみよ。奉行より長崎事情には精通《せいつう》していよう。その気があれば長崎会所と手を結ぶもよし、抜け荷に手を出すもよし、思いのままと聞いたことがある。ところがな、井出口某は江戸に戻らされてみると、中奥御小姓組頭の職に就けられた、こちらは気を遣うばかりで銭にはならぬ。

そこで井出口は、札差の株に目をつけたのであろうな。各方面に長崎で貯め込んだ金子をばらまき、峰村屋の株を強引に買い取った。ひょっとしたら、峰村屋には株を買った代金は、渡っておらぬのかもしれぬな。なぜならば、先代の峰村屋が水死しておるからだ。それがしは、この水死にも井出口親子が絡んでおると見ておる」

「で、次に目をつけたのが札差百余株の札差筆頭行司というわけか」

と幹次郎が質した。

「ああ、この地位に次男の峰村屋三左衛門が就けば、直参旗本御家人は思いのままだ」

幹次郎と桑平市松の目が井出口屋敷の暗闇に慣れてきた。すると、母屋とは別に離れ家があり、障子に灯りが映り、ふたりの人影が見えた。

「井出口親子なればよいがな」

桑平が言うと庭木の間を縫って離れ家に近づいていった。

滝らしい水音が響いて、その傍らに離れ家があった。

いきなり、滝の音と重なって声が聞こえてきた。

「三左衛門、伊勢亀が邪魔なればこの際、始末しておくのも手じゃぞ」

「父上、あやつには吉原会所の用心棒がついておるのだ」

「それがどうした。そやつをな、この屋敷に呼び寄せよ。神守幹次郎という男、己の考えのままに動く愚か者とみた。必ずやこの屋敷にやってこよう。ならば、そなたとふたりして始末するまでだ。慣れたものではないか」

父と倅が話し込んでいた。

「わしは、中奥御小姓組頭などという雑事を馬鹿丁寧に行う役職には飽き飽きした。そなたが札差筆頭行司に就けば、わしは隠居して、そなたの後見方を務めるでな」

「父上、これまであれこれと手を使ってみたが、容易くは札差筆頭行司には就けぬ。こたびの騒ぎを横目で見ておる伊勢亀が動かぬ以上な」

「うまくいかぬならば伊勢亀の当代も神守某とは別に始末すればよい」

漏れ聞こえてきた父子の話は一連の騒ぎの核心をついていた。だが、目付にこの事実を話したところでなんの証しにもならなかった。否定されればそれで終わりだった。

幹次郎と桑平は手筈通りに二手に分かれた。

幹次郎は桑平が離れ家の裏手から現れるときを考えて前帯に挟んだ小出刃を抜き取り、袖に隠した。そして、立ち上がると離れ家に近づいていった。

「何奴《なにやつ》か」

誰何したのは井出口義雅のようだ。

「夜分に参上した非礼は詫びよう。殿、それがし、愚か者の神守幹次郎にござる」

「なにっ」

と障子が開かれ、刀を手にした峰村屋三左衛門が幹次郎を睨んで縁側に立った。さすがに武士上がり、並みの商人の反応ではない。

「神守、そなたひとりか」

「見ての通りにござる。峰村屋三左衛門どの」

「親父、こやつ、いささか増上慢《ぞうじようまん》じゃな」

「倅、言うたではないか」

と三左衛門に応じた井出口が傍らの手文庫《てぶんこ》から異国渡来の連発短筒を取り出して、

「飛んで火に入る夏の虫というが、秋まで生き残った虫がおったようじゃな」

と倅と同じように座敷から縁側に出てきた。

右手に短筒、左手に柿《かき》と思える果実を持っていた。

幹次郎には柿の実をどう使うつもりか、判断がつかなかった。

「殿様とやら、世間というもの、ままならぬというのが常識にござろう。遠国《おんごく》の長崎奉行支配組頭なれば、魚心《うおごころ》あれば水心、長崎会所、オランダ商館、抜け荷商人とうまい商いができたかもしれぬ。じゃがな、この江戸ではそうはいかぬ。大人しく中奥で雑用を務めておればよいものを」

「死んでもらおう、吉原会所の裏同心」

「得意の南蛮渡来の連発短筒は音がしよう。この界隈は大名家、旗本屋敷が集まっておる。銃声を聞かれれば、そなた親子とて、咎めは必定《ひつじょう》、目付に対しどう言い抜けるな。そうなると札差筆頭行司に就くどころではなかろう」

「銃声はな、この筒先にかように柿の実を差し込むとな、音が小さくなって滝の音に紛れるのだ」

井出口が銃口に柿の実を差し込んだ。滝音には南蛮渡来の連発短筒の銃声を隠す狙いもあるのか。

「蔵前辺りの噂によれば、殿様は異国製短筒の名手、十間離れたところにある小判を撃ち抜く腕前じゃそうな」

「試せというならば、そのほうの命を的《まと》に試してみようか」

と井出口義雅が右手を突き出した。

「いささか間が遠い。近寄って進ぜようか」

と幹次郎がゆっくりと間合を詰めた。そして、七間（約十二・七メートル）辺りでいったん足を止めた。

「親父、いささか訝しくはないか。早く始末したほうがいい」

倅の峰村屋三左衛門が刀の柄に手を掛けた。

「旗本の次男坊くずれ、鹿島新当流を使うそうじゃな」

「おお、承知か」

「そなたの相手はそれがしではない」

「なにっ」

と三左衛門が睨んだとき、

「先代の峰村屋、こたびの吉原の新造桜季の勾引しと身代金の要求、それに池上の甚五郎を大番屋から虚言を弄して連れ出し刺殺した上、日本橋川に投げ込んだ罪軽からず、死んでもらおう」

南町奉行所定町廻り同心桑平市松の抑えた声が凜《りん》と響いて、親子が思わず振り向いた。

その瞬間、幹次郎の右手が翻り、奥山の出刃打ち名人紫光太夫直伝の小出刃が飛んだ。

殺気を感じた井出口義雅が向き直った瞬間、幹次郎のなげうった小出刃が見事に心臓に突き立っていた。

うっ

と呻《うめ》き声を漏らした井出口が立ち竦んでいた。

幹次郎は津田助直を抜き放つと井出口の胴を抜き上げ、とどめを刺した。

一方、三左衛門の刀と桑平市松の長十手が絡んで、互いが押し合った。

幹次郎は縁側から転がり落ちた井出口の断末魔を見下ろしていたが、心臓に突き立った小出刃を抜き、南蛮渡来の連発短筒を手にし、

「峰村屋三左衛門どの、もはやそなたら親子の企ては終わりじゃ」

と声を張り上げると、思わず三左衛門が幹次郎を顧《かえり》みた。

「桑平どの、身を引かれよ」

長十手を手にした桑平が横手に跳んだ。

幹次郎が立て続けに引き金を引くと、柿の実が飛び散って湿った銃声が響き、三左衛門の胸に二発の銃弾が当たった。

嗚呼ー
と悲鳴を上げた峰村屋三左衛門が崩れ落ちた。

銃声はたしかに柿の実と滝の音に消され辺りに響き渡るほどではなかった。

「桑平どの、三左衛門の刀を頂戴しよう」

幹次郎は渡された刀の刃に井出口義雅の血を擦《こす》りつけて桑平に返し、短筒を井出口の手に握らせた。

親子が南蛮渡来の連発短筒と刀で殺し合ったようにふたりの骸を偽装したのだ。

幹次郎は伊勢亀半右衛門に願って、差出人なしの文を十何通と送りつけた井出口義雅の所業の意味を糺《ただ》す内容の書状を書いてもらっていた。また、井出口親子が峰村屋の先代から騙し取った札差株の審議を新しい筆頭行司のもとで行うよう、亡き先代伊勢亀が指示していた旨をも書き添えてもらった。

最後にこの書状を井出口義雅に握らせた。

「桑平どの、かように杜撰《ずさん》なことで役立つかのう」

と幹次郎が南町奉行所定町廻り同心桑平市松に質した。

「たしかに親子が短筒と刀で渡り合って殺し合ったにしては杜撰じゃな。だがな、巧妙《こうみょう》ゆえ企みが成功するとは限らぬ。意外とこの程度の杜撰な所業がうまくいく場合がある」

「それを聞いて安心した。ならば人に見つからぬうちに退散致そうか」

ふたりは直参旗本中奥御小姓組頭の屋敷から外へと抜け出た。

堀留伝いに大川へと向かいながら、

「最前の話じゃがな、あの父子が死んだと聞いて、哀《かな》しむ者がいるかどうか。城中でも評判は決してよくない」

「なぜだな」

「井出口め、長崎時代がよかった、異国の品に囲まれて贅沢《ぜいたく》ができたと自慢話を繰り返し、朋輩《ほうばい》から嫌われているそうだ。あの者の口から、出世して長崎奉行として長崎に戻るという言葉を聞いた者もおる」

「蔵前での評判もよくないな。親子で殺し合ったと聞いて快哉《かいさい》を叫ぶ者はいても、哀しむ者はいまい」

「そんなわけでな、目付衆もこたびの調べはそこそこで辻褄《つじつま》を合わせ、終わらせるとみた」

「そうあることを願う」

「神守どの、わしは未だ命が惜《お》しいでな」

「いかにもいかにも」

と幹次郎が答えたところで石原橋の袂《たもと》に出た。すると政吉船頭の猪牙舟が待ち受けていた。

「政吉どの、八丁堀に願おう」

と幹次郎が頼むと、

「すまぬが小梅村に送ってくれぬか。女房が暮らす小梅村近くにいて、顔を見ていかぬのも愛想がなさ過ぎよう」

と桑平が願った。

猪牙舟が大川左岸を遡《さかのぼ》り始めた。

「おふたりさんよ、どこぞで手足くらい洗っていったほうがよさそうじゃ。血の臭いが漂っておるぞ」

政吉船頭が平然とした顔で言った。

「そうか、われらの体から血の臭いがするか、それはいかぬな。井戸端で丁寧に手足を洗って女房に会おう」

と桑平市松が言った。

「桑平どの、それがしの裏稼業に引き込んでしまったな、すまぬ」

幹次郎が詫びた。

「表の務めだけ、裏の稼業だけで事が始末できることはない。物事には、どのような出来事にも紙の如く表裏があるものでな」

と桑平が腹を括った答えを返した。

「がっかりしておる同心どのがおられる。そなたの後釜を狙っておいでのお方だ」

「あの御仁、吉原に置いておくのがなによりじゃぞ。お互い都合がよかろう」

桑平市松を横川の業平橋《なりひらばし》で下ろした幹次郎と政吉は、舳先《へさき》を返して大川へと出た。

「事が終わったかえ、神守様」

「今度こそ終わった、と思いたい」

とだけ幹次郎が答え、

「まずはよかったな」

と老船頭が応じた。

四

翌朝、幹次郎は朝寝をした。

麻は、幹次郎が柘榴の家に未明に戻ってきたことを承知していた。そして、汀女が戸口を開いた音も、そのあと幹次郎が湯殿で水を被る音も麻は聞いていた。

だが、麻は床から動こうとはしなかった。女房の汀女の務めと心得ていたからだ。

寝着《ねまき》と下着を湯殿に届けに来た汀女が、

「ご苦労にございました」

と労《ねぎら》いの言葉をかけ、

「仕度は済んだかな」

と幹次郎は反対にうすずみ庵の落成の集いを案じた。

「こちらは万全でございます。一日延びたおかげで長雨にぬかるんだ道もようやく乾きました。本日一日、ございます。明日は気持ちよくうすずみ庵の落成が祝えましょう」

「そうじゃな」

「事は終わりましたか」

今度は汀女が尋ねた。

「終わった」

「ようございました」

水を被るにはもはや寒い季節が到来していた。それでも血の臭いがまとわりつく体で寝る気はしなかった。

「今日は幹どの、髪結床に行かれてさっぱりなされませ」

「そう致そうか」

寝に就いたのが七つ半（午前五時）の頃合であっただろう。寝床に潜り込んで体が温まるまで汀女が幹次郎の冷えた体を抱いてくれた。

「ああ、なんとも気持ちよい」

と言った瞬間には幹次郎は眠りに落ちていた。

目覚めたのは四つ半（午前十一時）過ぎだった。

柘榴の家の寝間の障子も雨戸も幹次郎が眠りやすいように閉《た》て回されたままだ。

幹次郎は起きるとまず建具を開けて、光と風を柘榴の家に入れた。

庭越しにうすずみ庵を柘榴の家の縁側から覗くと、加門麻が床柱などを布でから拭きしていた。沓脱石の上では黒介が気持ちよさげに光を浴びていた。

「幹どの、お早うございます」

と麻が気づいて言った。

「お早う、仕度は整ったそうじゃな。明日は晴天の秋空になろう」

そう麻に言葉をかけた幹次郎は台所に行った。

「幹どの、湯を沸かしてございます。湯に入り、さっぱりなさいませぬか」

料理茶屋山口巴屋に出かける仕度を終えた汀女が言った。

「朝湯か、水を被ったくらいでは、やはり血の臭いは消えぬか」

と独り言《ご》ちた幹次郎は湯殿に行き、ゆっくりと湯に浸かっていると、脱衣場に人の気配がして麻が顔を出し、汀女から訊いたか、

「ご苦労にございました」

と声をかけた。幹次郎は頷き、

「これが神守幹次郎の務めだ」

とだけ答えた。


幹次郎が吉原の大門を潜ったのは昼見世前の刻限だ。

「おい、裏同心、えらくさっぱりしておるではないか」

早速面番所の村崎同心が幹次郎の前に立ち塞がった。

「朝湯に入り、髪結床に寄ってきましたでな」

「なんぞあるのか」

無精髭の村崎同心が懐から襟に出した手で顎を撫でながら言った。

「なにもございません、身嗜《みだしな》みにござる」

「身嗜みじゃと、そなたが遅出の折りはなにかある。おお、そうだ、八丁堀界隈で桑平市松がしくじりを手柄に変えたという噂が流れておるが、さような話はあるまい。おい、まさかそなたが桑平になんぞ加担して、手柄を立てさせたというわけではあるまいな」

「それがし、南町を手伝うほど暇はございませんでな」

と言った幹次郎は村崎同心の傍らを擦り抜け、会所に入っていった。すると会所の土間では嶋村澄乃と遠助が留守番をしていた。

「神守様、番方らは見廻りです」

と報告し、

「桜季さんと今朝方会いましたが、以前とは打って変わって明るい表情で西河岸のどぶ板掃除をしておりました。その折り、神守様になにかお願いがあると言うておられました」

「ならば四郎兵衛様にご挨拶したら天女池に行ってみよう。澄乃、すまぬがそれがしの履物を裏口に回しておいてくれぬか」

と願った幹次郎は四郎兵衛に面会を求めた。すると四郎兵衛が幹次郎のさっぱりとした顔を見て、

「どうやら事は終わったようでございますな」

「あとはあちら様の始末次第、尾を引くこともございましょう」

と答えた幹次郎だが、それはあるまいと思っていた。

直参旗本では主に事が起こったとき、その真相の追及よりなにより、跡継ぎを素早く決めて、公儀に許しを得る算段が優先された。

「目付が動くとなると厄介ですがな。井出口家ではおそらく主病死として、血縁

のどなたかを跡目に立てる手続きを致しましょうな。一方、札差峰村屋がどう動くか、後ろ盾の父御が亡くなり、主も死んだとなれば、札差筆頭行司どころではありますまい」

「ほうほう、父親の井出口義雅様も倅の峰村屋三左衛門さんも亡くなられましたか」

と四郎兵衛が念押しするように問い直し、

「しばらく両家の動きを見守っていきましょうか」

と言葉を継ぎ、話柄を変えた。

「おお、そうでした。昼見世と夜見世の間、蜘蛛道の入り口に昔通りに妓楼や茶屋の老婆を交替で置くことを五丁町の名主と話し合いました。明日からでも張り番が始まります」

と四郎兵衛が幹次郎に言った。

「それから、よし床ですがな、角次は当分牢屋敷から出てこられますまい。妙な者に住まわれてもまた吉原が苦労するだけです。差し当たって会所が管理してその先の様子をみます」

「それはようございました」

四郎兵衛の話に頷いた幹次郎は、

「それがし、桜季に会って参ります」

と立ち上がった。

「澄乃に聞きましたが、人が変わったように西河岸で立ち働いているそうですな。どうやら神守様の荒療治の効き目が出てきたようです」

「まだまだ気は抜けませぬ」

と答えた幹次郎は奥座敷を辞して会所の裏口へと回った。すると、そちらに幹次郎の履物が置かれ、遠助が幹次郎を待ち受けていた。

「そなたも天女池に行くか」

幹次郎は和泉守《いずみのかみ》藤原《ふじわらの》兼定《かねさだ》を手に遠助を連れて蜘蛛道から天女池に向かった。昨夜使った津田助直は、研ぎ師に手入れに出すつもりで血の汚れだけは拭ってきた。

蜘蛛道の住人たちも雨が降り続いた折りよりも明るい声でやり取りしていた。

「おお、神守の旦那か、秋雨がやんでよかったな」

「やはり秋はこの天候でなくてはならぬな」

と声をかけ合いながら天女池に出てみると、すでに桜季が野地蔵の前で合掌していた。

「桜季、元気を取り戻したか」

幹次郎の問いに振り向いて会釈した桜季が遠助の体を笑みの顔で抱きしめた。一方遠助もくねくねと甘えるように体を動かし、嬉しそうに尻尾を振って応えていた。

「麻からの文じゃ」

麻から預かった文を幹次郎が差し出すと、桜季が両手で大切そうに受け取り、代わりに別の文を出して、

「神守様、加門麻様にこの文を届けていただけませぬか」

と願った。

「なに、麻に返書を認めたか。それは麻が喜ぼうな。よし、大切に預かって必ず届ける」

と幹次郎が受け取った。

「桜季、蜘蛛道に住人以外、素見などが入ってこないように見張りが立つことになった。そなたを勾引した般若の達三のような輩はこれから入ってくるまい」

遠助から手を放した桜季が立ち上がり、

「有難うございました」

と幹次郎に頭を下げて礼を述べた。

「昼見世が終わったあと、初音さんが私といっしょに山屋さんを訪ねて、主夫婦に礼を述べるそうです。私が毎夕お世話になるばかりか、初音姐さんの夕餉まで持たしてくれる礼に行かれるのです」

「ほう、初音がな」

吉原のふきだまり、西河岸のような切見世に落ちた女郎は、まず表通りの五丁町に顔を出すことはない。また蜘蛛道の住人とも食いものを買うとき以外、顔を合わせることを避けた。

五丁町で威勢を張った遊女ほどその傾向は強かった。そんなひとりが初音だったが、その初音が居候の新造の面倒をみてくれる山屋に自ら顔を出して礼を述べるという。

「初音姐さんから、『それもこれも会所のお侍のためにやることだ。いいかえ、この廓の中で、おまえひとりで生きているなんてのぼせ上がっちゃいけないよ』と注意を受けました」

と桜季がなぜか嬉しそうな顔で言った。

この日、幹次郎が夜見世の見廻りをして仲之町に戻ってきたとき、面番所の村崎季光同心が大門を出て八丁堀に帰る姿があった。

幹次郎が大門前まで来てなんとなく村崎同心の後ろ姿を見ていると、五十間道の路地口に桑平市松が立っていた。

幹次郎が歩み寄ると、

「中奥御小姓組頭井出口飛驒守義雅様が心臓の発作にて身罷られたそうな。部屋住みの四男、十七歳の義忠《よしただ》様の跡目相続願いが目付に出された」

「それはまた手早いな」

「峰村屋からは一日二日置いて主の病死が片町組の頭に届けられるのではないかと思っていたが、なんと番頭も店に飼われている用心棒らも逃げ出したそうじゃ。呆れたわ」

と桑平が応じた。

「池上の甚五郎を大番屋から連れ出して刺殺した一件は、どうなるな」

と幹次郎が質してみた。

「それがし、上役を通じてお奉行に井出口義雅、峰村屋三左衛門父子が池上の甚五郎の連れ出しと刺殺に関わりがあると、それとなく報告しておった。その数刻後に目付から井出口の病死が奉行所に伝えられた。ゆえに南町と目付方がそれとなく話し合い、井出口家の申し出通りに病死として処分することが決まった、ということよ」

「桑平市松どの、これでそなたに面倒は降りかからぬな」

「それがしの刀を見せよと上役に命じられたがな、わが刀に血の跡などないでな」

「それはよかった」

「こたびの一件、札差筆頭行司選びが関わるゆえ、町奉行所としても目付方としても妙な詮索《せんさく》はしたくないのでござろう」

幹次郎はその話を聞いて、津田助直を早々に研《と》ぎに出したほうがよいな、と考えながら話柄を転じた。

「女房どのはどうであったな、夜明け前に亭主が訪ねてきて驚かれなかったか」

「夜明け前に出入りするのは八丁堀では当たり前の習わしだ。ただし、庵に女房を訪ねたのは初めてのことだ。驚きよりもそれがしが訪ねたことが殊《こと》の外《ほか》嬉しかったような顔つきであった」

と桑平市松が照れたように言った。

幹次郎は桑平市松といっしょに札差伊勢亀を訪ねた。

表戸は閉じられていたが、幹次郎が名乗ると大番頭の吉蔵が訪問者を臆病窓《おくびようまど》から確かめ、店座敷に通ることを許した。そこで当代の伊勢亀半右衛門に会うことができた。

桑平市松は伊勢亀の出入りではないのか、緊張した表情で黙っていた。

「神守様、明日お会いするお約束でしたな、またなんぞ急用が生じましたか」

「南町奉行所定町廻り同心桑平市松どのの報告をお知らせしておこうと思いましてな、参じました」

「ほう、定町廻り同心桑平様がな」

と半右衛門が桑平を見た。まさか自分に話が振られるとは思わなかった桑平が、ちらり、と幹次郎を見て、

「昨夜片町組四番組の札差峰村屋三左衛門が病死致した」

と唐突に言った。

「なんと」

この場に残っていた吉蔵が驚きの声を漏らした。

「また峰村屋の実父、中奥御小姓組頭井出口飛騨守義雅様も心臓の発作で同じく川向こうの御屋敷で身罷られましたそうな。父子が身罷られたあと、余計なこととは存ずるが、こちら伊勢亀への名無しの文の差出人は、井出口様であったと申し上げて宜しいかと存じます」

今度は幹次郎が報告した。

「昨夜、同じ屋敷で峰村屋の主の三左衛門さんと実父の旗本井出口様、つまりは父子が同時に身罷られたと申されますか。お待ちください、私が昨日書いた文は、おふたりのところに届いておりますので」

半右衛門が驚きの顔で幹次郎に質した。

「はい」

「それにしても、同じ屋敷で父子が病に斃《たお》れるなんてことがありましょうか」

と吉蔵が幹次郎と桑平市松を凝視した。

しばし間があったのち、

「ついでながら、井出口家からは部屋住みの四男の跡目相続願いが早々に目付方に出されておる。おそらく数日後、峰村屋の死去も御蔵前の札差方に触れが出回ることだろうな。こちらは番頭も奉公人もすべて逃げ出してどうなることやら」

桑平が言った。

座を沈黙が支配した。

長い静寂があった。

口を開いたのは伊勢亀半右衛門だ。

「昨夜、おふたりはどちらにおられましたな」

「それがしは、会所から浅草寺寺中に隣接したわが家に戻っておりました」

「それがしは八丁堀の屋敷に」

とふたりが即答した。

「なんとのう、わが胸の中で符節《ふせつ》が合いました。私の書いた文の使われ方もな」

と半右衛門が言った。

「今宵訪ねたわれらの用件は以上にございます。明日、かような話をなすのもいささか野暮かと存じ、桑平どのをお連れしてお知らせに参りました。半右衛門様、明日、お待ちしております」

「畏まりました」

と半右衛門が頷き、幹次郎と桑平市松は店座敷を出た。

翌朝、昨日にも増して江戸はからりと秋晴れが広がった。

五つ半時分に柘榴の家を正三郎と玉藻が訪ねてきて、台所で懐石の仕度を始めた。むろん前夜から下拵えがしてあった。

麻は客を迎えるためにうすずみ庵の床の間のある奥の間にいて最後まで決めかねていたもてなしについて考えていた。炉には炭が入り、茶釜がかかっていた。本日のうすずみ庵の落成祝いは伊勢亀の追悼《ついとう》のためと、麻は気持ちを定めていた。

三浦屋の伊勢亀の座敷でふたりだけの折り、紅葉を背景にした伊勢亀が茶を喫する姿を薄墨は描いて秘匿《ひとく》していた。それを茶掛けとして床の間に掛けるかどうか迷っていた。

薄墨の絵は伊勢亀から習ったものだ。ゆえに伊勢亀を描いた掛け軸も拙《つたな》いものだった。だが、薄墨にとって伊勢亀を追悼する絵はこれしか考えられなかった。

麻は決めた。

床の掛け軸は「七代目伊勢亀紅葉図」にして、床の隅に桔梗《ききょう》と芒《すすき》をさりげなく飾った。

いつの間にか時が過ぎていた。

柘榴の家で四郎兵衛の声がして、汀女が四郎兵衛を案内してくる様子があった。四郎兵衛と四郎左衛門、そして、その背後に当代の伊勢亀半右衛門も従い、茶室仕立ての座敷に三人が身を正して入ってきた。

「麻、お客人がまずはさておきうすずみ庵を拝見したいと申されますでな、お連れ致しました」

と汀女が言い訳した。

「ようおいでくださいました」

と三人の客が定まった。

次の瞬間、当代の伊勢亀半右衛門から、小さな驚きの声が漏れた。

その眼差しは茶掛けの「七代目伊勢亀紅葉図」に向けられていた。

「おお、伊勢亀の先代様がおられる」

と三浦屋の四郎左衛門が言い、

「初めて見る御軸です。親父が活写されておりますが、描き手は親父ではございませんな」

当代の半右衛門が呟いた。

そのとき、幹次郎が最後に座について、

「過日、伊勢亀様のお宅で先代の絵を拝見致しましたが、これは違います」

「幹どのも分かりませぬか」

と汀女が尋ねた。

しばし絵を凝視していた幹次郎が、

「加門麻、そなたの仕事《て》じゃな」

と言い当てた。

「はい」

と麻が答え、

「本日のうすずみ庵落成の行事は、先代の伊勢亀半右衛門様追悼の茶事《ちゃじ》としとうございます。皆様、いかがにございますか」

「それはよい」

と三浦屋の四郎左衛門が賛意を示し、

「いささか茶事の流れには違《たが》おうが、加門麻様、私ども、うすずみ庵茶室開きの濃茶点前を願いましょうかな」

と四郎兵衛が願い、最後に、

「親父の在りし日の姿を眺めながら、私も麻様の一服を所望《しょもう》しとうございます」
と八代目伊勢亀半右衛門が麻を笑みの顔で見た。
麻が点前座についた。
うすずみ庵の落成を祝いつつ、先代の伊勢亀を偲ぶ茶室開きの茶事が始まった。
幹次郎は胸の中で、
(粋伊勢亀《いきいせき》　桜とともに　旅立ちぬ)
と先代の死の折りに詠んだ句を思い出し、季語を変えてみた。
粋伊勢亀　紅葉とともに　よみがえり
この場で口にする句ではないな、幹次郎は胸にしまい込んだ。

この作品は、二〇一八年三月、光文社文庫より刊行された『秋霖やまず
吉原裏同心抄(三)』のシリーズ名を変更し、吉原裏同心シリーズの
「決定版」として加筆修正したものです。

光文社文庫

長編時代小説
秋《しゅう》霖《りん》やまず　吉《よし》原《わら》裏《うら》同《どう》心《しん》(28)　決定版
著者　佐《さ》伯《えき》泰《やす》英《ひで》

2023年5月20日　初版1刷発行

発行者　三宅貴久
印刷　萩原印刷
製本　ナショナル製本

発行所　株式会社　光文社
〒112-8011　東京都文京区音羽1-16-6
電話（03）5395-8149　編集部
8116　書籍販売部
8125　業務部

ISBN978-4-334-79471-2　Printed in Japan

組版　萩原印刷